故事海
SEA OF STORIES

海 飞 谍 战 世 界
谍战之城系列之上海篇

AWAKE

醒 来 —————— 海飞 著

浙江文艺出版社
Zhejiang Literature & Art Publishing House

图书在版编目(CIP)数据

醒来 / 海飞著. -- 杭州 : 浙江文艺出版社，2025.
1. -- ISBN 978-7-5339-7778-8

Ⅰ. I247.5

中国国家版本馆 CIP 数据核字第 2024FT1828 号

策划统筹　王晓乐　　　　　责任印制　吴春娟
责任编辑　丁　辉　许龚燕　封面设计　@Mlimt_Design
责任校对　罗柯娇　　　　　营销编辑　詹雯婷

醒来

海飞 著

出版发行　浙江文艺出版社
地　　址　杭州市环城北路 177 号
邮　　编　310003
电　　话　0571-85176953(总编办)
　　　　　0571-85152727(市场部)
制　　版　浙江新华图文制作有限公司
印　　刷　浙江新华数码印务有限公司
开　　本　787 毫米×1092 毫米　1/32
字　　数　160 千字
印　　张　9.125
插　　页　6
版　　次　2025 年 1 月第 1 版
印　　次　2025 年 1 月第 1 次印刷
书　　号　ISBN 978-7-5339-7778-8
定　　价　65.00 元

目录

001   醒 来

279   我愿意站在照相馆对面朝她凝望
       ——长篇小说《醒来》创作谈

醒　来

你完全可以相信，每张照片都深藏密码。看得懂的人一定会看懂。

———陈开来

杭 州

1941年12月24日　23：05　春光照相馆门口

那天，陈开来踏着积雪，去河坊街魏安全家里给他的爷爷拍八十九岁寿星照，这是他最后一次出工。从明天开始，他要同春光照相馆老板李木胜分道扬镳。在这天的下午，他们激烈地吵过一架，陈开来站在鹅毛一样飞舞的雪片中间，在照相馆门口破口大骂，李木胜你一天到晚说是我师父师父，你都三十六岁了还没有老婆，你还有脸当我师父？

柜台里的李木胜愣了一会儿说，师父跟老婆有啥关系？

陈开来冷笑一声说，那我问你，我工钱呢？你把工钱给我结了，否则老子同你势不两立。

那个大雪纷飞的午后，陈开来扬言，我一定会把照相馆开到上海，开得比你的破店还要大十倍。壮阔的飞雪落入了他的后脖，不由得让他感受到一丝丝的凉意。然后，陈开来像袋鼠一样跳上一辆黄包车，去往河坊街魏安全家。魏安全在伪杭州市政府谋了个职，看上去却苍白而消瘦，他的话不多，只会弯下腰给那个老年痴呆的爷爷请安。陈开来那天喝掉了一斤绍兴黄酒，兴奋地拍了一些照片，顺便看了一会儿唱堂会的嵊县班子唱越剧。他看到，有一个戏子在寒冷的冬夜穿着戏装望着透着红光的灯笼，突然觉得这个戏子的眉眼周正得令人惊讶。他喜欢上了她笔挺的人中。

　　然后，陈开来哼着小曲回到了春光照相馆。远远地，他突然看到了照片一样静止的画面。一群打着绑腿的矮脚日本兵一言不发地拿三八大盖对着照相馆的大门，大门半开半合，其中一扇关着的门上都是弹孔。一会儿，一条不会叫的狼狗从开着的那扇门中拖出了血肉模糊的李木胜。老光棍李木胜像被遗弃在雪地中，他勉强地抬起一颗软绵绵的头颅，突然远远望见了站在一条小弄堂口的陈开来。陈开来像一个初来乍到的外乡人一样，胸前挂着一只照相机。他看到，一名日本军官的指挥刀在呛啷的拔刀声后，缓慢地爬上了李木胜的肩膀。李木胜笑了一下，大声唱起了《空城计》：我正在城楼观河景，耳听得城埠乱纷纷。旌旗招展空翻影，却原来是司马找来的兵……他突然伸出双手，一把抓住了刀身，把自己的胸口送向了刀尖。噗的一声响，雪地里就泼下了一大摊滚烫的血水。

这时候，照相馆的屋檐落下一蓬雪来，纷纷扬扬地洒在了热气腾腾的李木胜身上。雪地里那一抹艳红的血，看上去像一丛触目惊心的怒放的鸡冠花。陈开来看到李木胜像一只漏气的皮球，身上的许多血洞在汩汩冒血。而他口袋里掉出的一把红酸枝木手柄的放大镜，斜插在了雪地里，像一面僵硬的旗帜一样，在灯光下发出冷冷的光，灼痛了陈开来的眼睛。他看到李木胜的手中还握着一把打光了子弹的手枪。他的目光很呆，远远地望着天空。天空黑压压的，又一场大雪大概要压过来了。然后，那条狼狗像一块飞起来的毯子，矫健地向那一蓬热辣辣的红雪盖了过去。

从陈开来的角度望过去，能清晰地看到一名日本兵一直用刺刀对着一个女人。女人软倒在雪地上，她烫过的头发像一棵黑色的包心菜一样，镶嵌在洁白的雪地里。而不远处的一辆车里，一个面容苍白的青年缓慢地放下了车帘，腼腆地笑了一下。看上去，他的嘴唇十分干燥，这使得他不停地舔着嘴唇。他对身边的一名日军少佐十分清晰地说，相信我，我不知道情报内容，但是这个叫李木胜的照相师，小名叫春光，一定就是一个被呼唤醒来的人。

他有没有同伙？

我只负责把底片交出。

少佐看了一下表，打开了车门，沉重的军靴落在了积雪上。在咯吱咯吱的声音里，他向日本兵们挥了一下手。

像看一场电影一样，陈开来看到日本兵大步地冲进了照相馆。他们搜索了整个照相馆，带走了一些装着各种照片的纸袋。最后，少佐朝一名年轻的士兵看了一眼。呛啷一声，士兵打开一颗91式手雷，扔进了照相馆。一声巨响中，照相馆冒出了浓烟，接着燃起了一场大火。陈开来站在弄堂口一片冰凉的黑暗中，望着日本兵把李木胜抬起来扔进一辆卡车。卡车在一辆小车的带领下，顺着望不到头的雪路远去。

万籁俱寂。

然后，陈开来看到的是一个继续飘着雪的空镜头，他看到雪地里那个吓傻了的女人抬起脸。她正是租住在照相馆楼上庆德公寓二楼东边间的舞女金宝。金宝站起身跌撞着仓皇地离开了照相馆的门口，陈开来向前走了几步，捡起雪地上插着的那把红酸枝木手柄放大镜。然后陈开来抬起头，用放大镜看着从天而降的密集的飘雪，突然觉得天空中除了看上去像鹅毛一般大的飘雪以外，还藏着一个巨大的秘密。他想起了李木胜唱的《空城计》，我正在城楼观河景……那是李木胜经常唱的京剧片段，但是这四句话里第一、二、四句却各唱错了一个字，分别是：河、埠、找。这样想着，陈开来收起放大镜，飞快地奔向了照相馆后门的河埠头，他四处张望了片刻，蹲下身伸手向河埠头的石缝摸去，一会儿摸出了一个油纸包。他把油纸包匆忙地塞进怀里，然后很快地从春光照相馆门口消失了。一切安静下来，只有纷纷扬扬的雪还在继续下着。

在落雪的杭州火车站广场，陈开来终于坐在了热气腾腾的馄饨摊边上。他觉得在魏安全家吃下的夜饭已经完全被消化掉了，所以他有些饿。就在他用汤匙舀起一只馄饨的时候，一个顶着一棵包心菜头发的女人突然坐到了他的身边，并且用手一把拉过陈开来面前的馄饨。她大口地吃了起来，说今天是她生日，怎么就那么晦气。陈开来认出这是照相馆楼上的租户金宝，也就是被日本兵用刺刀逼着的那个"包心菜"。金宝边吃馄饨边不时地抱怨着这鬼天气。她是在杭州中美咖啡馆舞场里跳舞的，她说，我一个跳舞皇后，要是脚关节被冻坏了那可怎么办？

在陈开来清晰得如同近在眼前的记忆中，那天他们上了同一趟火车。金宝把自己的身体靠在了车厢板壁上，说，我是要去上海闯世界的，我上海的朋友多得跟牛毛一样。喂，你姓啥？

我姓陈，叫陈开来。

金宝撇了撇嘴说，你这个人，我只问你姓啥，我又没问你叫啥。

在火车咣当咣当的声音里，陈开来一点儿也不想讲话。他紧紧地抱着照相机和胸前衣服里塞着的油纸包，觉得一九四一年的冬天实在是让人有些累。金宝安静了一会儿，她点了一支烟，美美地抽了一口，然后对着火车外深重的飘雪发呆。后来，她把烟蒂弹向车窗外，小而精细的火光闪动了一下，悄无声息地落向车窗外宽阔而冰凉的雪地。这时，她斜了陈开来一眼，低声说，我奶奶说，我就跟姓陈的比较般配。

1941年12月24日 22：13 中美咖啡馆舞场

那个平安夜，金宝和铃木歪歪斜斜地从中美咖啡馆舞场的后门溜出来，是勾肩搭背地走向回家的路的。铃木的头发全白了，他剃了一个干净而精神的板寸头，但实际上他只有四十岁。乘着一艘小客船从水路到达武林门码头后，他就迫切地跑向了舞场。他十分热爱舞场，他觉得离开舞场自己简直是活不下去的。事实上，他确实没有活下去，在中美咖啡馆舞场里跳舞的时候，一个烫了头发的舞女风情万种地同他跳舞。最后他甩脱了两名保护他的日本便衣特工，带着金宝从后门溜了。他差点错误地认为这是一场雪夜的私奔，两人打着酒嗝踩着一地的雪，歪歪扭扭地走向金宝家。

冷风和些微的雪花灌进铃木的脖子，这让他不由得更加亢奋起来。他对着深不可测的天空异样地怪叫了一声，仿佛在等待一场世纪末的狂欢。走向公寓房那漆黑的楼道时，铃木十分清晰地看到楼下春光照相馆里灯火通明。

那天，瘦骨嶙峋的铃木把自己脱得精光，像一只春天的田鸡一样跳到金宝身上。金宝看到皮包骨头的铃木的时候，担心他那把骨头会不会散架。果然只一歇歇的工夫，铃木撑了撑腿，翻着白眼死去了。金宝一下子慌了神，她一把推开了皮影一般单薄的铃木，迅速地套好衣裳，穿上了温暖的棉旗袍。就在她跌跌撞撞冲下楼去的时候，刚好看到驻杭州城的日军正在围捕李木胜。一名日军将仿佛从楼道绵长的黑暗里吐出来的她一脚踹翻在地，然后明晃晃的刺刀就抵在了她的胸前。在随后响起来的噼里啪啦的枪声中，惊恐万状的金宝一直把自己的头深埋在雪地中。她十分担心，哪颗流弹要是调皮地钻进了她的头颅，那么她就得在这个平安夜上西天。

日本兵在照相馆门口撤离之前，那名少佐缓慢地走了过来，抬脚用军靴勾起了她的下巴，然后抽出杉浦式手枪，抬起枪口顶在金宝的脑门上。金宝整个人随即像是受凉一样不停地抖动起来。在她抖动的过程中，少佐手中的枪咔嗒响了一下，原来枪内没有装子弹。最后，少佐恶作剧地笑了，他把手枪插回枪套，带着所有日本兵像蝗虫一样离开。而金宝也像是一只从雪地里冲天而起的麻雀，连滚带爬仓皇地离开了春光照相馆门口。

后来，她在杭州火车站广场碰见了照相师陈开来，并且自说自话地吃掉了他的一碗馄饨。把碗中最后一只馄饨塞进嘴里的时候，她抬眼看了一下灰暗的天空，又斜眼看了一眼一脸蒙的陈开来。很显然，他们这对楼上楼下的邻居，突然被命运捆绑在了一起，将要踏上同一趟去往上海的火车。

1941年12月24日　22：13　春光照相馆

在铃木和金宝从中美咖啡馆舞场后门踏着积雪偷偷溜出来的时候，李木胜正在春光照相馆的暗房里工作。那会儿，他吊儿郎当的伙计陈开来被他派去河坊街给魏安全老不死的爹拍寿星照。当一张西湖边的风景照被洗出来时，李木胜有些小小的激动。只有他自己晓得，蛰伏了整整二十三个月零八天的自己，被组织唤醒了。他看到横躺在自己面前的是一张断桥的照片，照片上传达给他的信息，来自西湖边一棵树上的小黑点。通过放大镜，能看到被放大了的小黑点中蕴含了密密麻麻的文字。信息告诉他：前往上海，开一家照相馆为掩护（会有上线来找他），并且协助上线完成夺取"沉睡计划"的任务。同时，附上了接头暗号。

有很长一段时间，李木胜拿着放大镜呆坐在桌子前。他的胸中奔涌起仿佛从四面八方赶过来的潮流，汇聚到一起冲撞着。他手中的放大镜，一直放在抽屉里，曾经被陈开来看到过。陈开来问，你洗照片，要放大镜做什么？

那时候，李木胜白了他一眼说，你晓得祝枝山吗？

陈开来说，祝枝山不是唐伯虎和文徵明的狗肉兄弟吗？他怎么啦？

李木胜说，我同他一样，眼睛老花。

陈开来平静地摇了摇头说，你骗鬼，你要是三十六岁就能让眼睛老花，那我这个二十六岁的简直就是瞎了眼了。

现在，李木胜就用这把放大镜发现了一堆召唤他醒来的秘密文字。这让他想到了下午特别漫长的时分，确切地说是下午两点二十八分，一个穿着青色罩衫的年轻人悄无声息地走了进来。他叫陆小光，他要洗一张照片。填好单子付完钱，他照样悄无声息地离开了。李木胜并不认识他。陆小光看到李木胜恶狠狠地对一个胸前挂着照相机的年轻人说，有吃有喝，你还要怎么样？你既然当我的徒弟，干活就不要挑三拣四。你以为在杭州这样的城市活下去很容易？

这个年轻人就是陈开来。陈开来愤怒地说，不是在杭州城活下去不容易。这个世界哪儿活下去容易了？另外，再次纠正你，你不是我师父，你只是我的老板，你的技术连我都不如。

这时候，陆小光看到了李木胜一张气歪的脸。

接着陈开来又大吼一声：今天我是最后一次给你出工，从明天开始，老子不干了！以后等我开了一家更大的照相馆，我雇你来给我当照相师。

陆小光离开照相馆向前走去，离开的时候不由得笑了一下。他想，明明年纪和自己差不多，怎么就那么不成熟不牢靠呢！这个漫长的下午，陆小光觉得他应该要找点事情做。后来他去了一家妓院。在妓院里，他被密探侦查到了，被秘密地送到了日军驻扎在杭州城运河边洋关的宪兵队。

夜色笼罩了杭州城，陆小光望着宪兵队里的日军少佐青光光的脸，终于艰难地吐出两个字来：我说。这个寒冷的冬夜，白雪泛着清冷的光，春光照相馆很快被包围了。

1941年12月25日　00：17　逃亡路上

当陈开来按照李木胜唱错的三个字"河埠找"，从河埠头的石板缝里摸出一个油纸包后，他开始了一场雪夜的狂奔。夜风吹乱了他的头发，他突然觉得这个紧紧贴在心房的油纸包像是一个价值连城的宝贝，或者是一颗危险的定时炸弹。他觉得他应该离开杭州，到上海去，有一个声音仿佛从夜空中掉下来般，在他的耳畔不时地回响着。

陈开来向着杭州火车站飞奔，他觉得自己的喉咙痛得仿佛被撕开了似的。在风中，他想起了三十六岁的老光棍李木胜，事实上，陈开来一直没有正式地认过李木胜当自己的师父。在他眼里，这个李木胜无趣而呆板，自己只是在照相馆谋一份差，自己的照相技术并不比李木胜差。至少当年南京保卫战的时候，他在南京新民报馆当记者，胸前挂着一架报馆配备的珍贵的徕卡相机，在噼里啪啦的枪声中冒死当过一次"战地摄影师"。那时候他眼里都是血红的惨烈景象，四处都是死去的人和将要死去的人，激发起他不要命似的按下快门的冲动。一声炮弹出膛后的呼啸声就在他懵然四顾时响起，如果没有一个叫杜黄桥的国军独立营营长一把按下了他的身体，陈开来早就被炸得四分五裂了。在陈开来晃荡着脑袋，拍打自己身上落满的尘土时，他被杜黄桥狠狠地踹了一脚。杜黄桥吐出一嘴的黄土说，知道你会死，但你不能赶着死啊！

那只珍贵的徕卡相机，就是在那场战火离乱中丢失的。他跪在一堆即将熄灭的火边上，手摸着照相机的吊带，号啕大哭起来。那天他闻着焦土的气息，心疼得胃都开始不停地冒起了酸水。他觉得他丢掉的不是照相机，而是半条命。

陈开来终于跑到了火车站的广场，他在越来越旺的灯火面前停下了脚步，但他仍然在不停地喘着气。而另一边，舞女金宝也在马路上像一阵风一样疯狂奔跑，她身上那件开衩到大腿上的棉旗袍在寒风中显得异常轻盈。所有的故事，像电影一样在往前推进着。在杭州火车站的一个馄饨摊上，她抢过了陈开来面前一碗热气腾腾的馄饨，热火朝天地吃起来。于是陈开来迅速认出，这个烫着头发的女人就是金宝，在照相馆门口被一名日军宪兵用刺刀逼着的"包心菜"，也是常年租住在春光照相馆二楼的舞女，爱钱如命，精明市侩。每天三更半夜回家，上楼的时候，跑调的歌声和噔噔噔的高跟鞋声总是把睡在楼梯下房间里的陈开来吵得火冒三丈。在陈开来掀开被子大骂一场后，她总算学会了脱下高跟鞋拎在手上，赤脚上楼。

这一切都因为李木胜被杀死、照相馆被烧毁而不可能再重演了。陈开来的目光从金宝挂着一小片馄饨皮的嘴角收了回来，他抬眼看到车站广场昏暗的路灯光芒，仿佛又飘起了细小的雪。他眼睁睁地看着小雪压在原来的积雪上，仔细地回想，李木胜真晦气。

1941年12月25日　14：39　庆德公寓

这已经是第二天的下午了。房东钱三奄拉着眼皮被叫到了宪兵队一名日军少佐的跟前，一起出现的还有两名在中美咖啡馆舞场没有看好铃木的特工。这天的上午，他们去了金宝的家里，可除了铃木的尸体之外，一无所获。两名特工相互对望了一眼，露出了比哭还难看的神色。他们十分清晰地记得，铃木是带着一只随身的公文包的。现在这只公文包不见了。而少佐却好像对这一切都显得兴趣索然，他只是不经意地看到了阳台上像旗帜一样的短裤和胸罩，因为天冷的缘故，它们被冻得发硬，简直可以拿起来砍人。铃木的尸体被一辆车子运走了。运走之前，少佐站在他的尸体前，望着安详得如同睡过去的铃木。他的身上一点儿伤都没有，甚至看上去他的脸色仿佛还有些红润。少佐对着铃木的尸体认真地说，大日本帝国的军人最好是死在战场上，可你死在了女人的床上。

在那辆运载铃木尸体的车开走以前，少佐戴着白手套一晃一晃悠闲地从庆德公寓二楼金宝的房间走到了楼下春光照相馆门口。就在他要上车的时候，突然听到了身后传来的两声沉闷的枪响。那时候，他的手刚好落在运尸车的车门把手上，他没有回头，知道发生了什么。在愣了片刻以后，他打开车门上了车，轻声对驾车的士兵说，走吧，他们自找的。

车子在雪地上轧出两条车轮的印记，然后慢慢消失了。在昨天夜里李木胜死去的地方，两名保护铃木的日本特工倒在了血泊中。他们用随身携带的手枪干翻了自己，热辣辣的血混合着脑浆画出一道抛物线，洒出去很远。他们自杀是因为他们知道铃木带在身边的"沉睡计划"的重要性，他们觉得，无论如何他们都没有活着的可能性了。

这是一九四一年的冬天，经历着兵荒马乱的杭州街头略微有了圣诞节的气息。和这洋节相呼应的是，偶尔有几声分不清是鞭炮还是枪响的声音从很远的地方传来。车窗外充满寒意的景物不时地后掠，杭州水汽氤氲，萧瑟得很。这让少佐的眼神充满了伤感，他突然有些想念远在奈良的家乡。

1941年12月25日 01：00 火车上

那个圣诞节的凌晨，杭州火车站，陈开来和金宝仓皇地挤上了一趟开往上海的火车，车内外的温差让陈开来感受到车厢内带有酸臭味的热气。车厢外仍然有零星的雪在飘落着，陈开来突然觉得这趟临时加开的火车像一只巨大的硬壳甲虫。车子徐徐开动，陈开来将自己的身体靠在车厢板壁上吁了一口气。他觉得他的人生从昨天开始有点儿像梦境，这时，他看到了前面一节甲等车厢的连接门半开半合，有几名便衣在车厢内来回走动。陈开来轻声说，好像有大人物在前面一节车厢里。金宝抬眼望了望那节车厢，车厢内空旷而干净，她看到了一个女人坐在工作台前的半个背影。

金宝撇了撇嘴说，大人物跟我们有什么关系！就是玉皇大帝坐在里面，老娘我也不会怕的。

火车在雪夜潜行，所有的湖泊与田野都缓慢地往后退去。在暗淡的车厢灯照耀下，陈开来走向和甲等车厢连接处很近的厕所。他终于有机会打开油纸包，仔细地查看在河埠头找到的东西。油纸包里有个笔记本，笔记本里有两组照片。一组是曾经让李木胜获得过摄影大奖的《西湖三景》，分别是《苏堤春晓》《断桥残雪》及《雷峰夕照》，只是《断桥残雪》这张照片残缺了三分之一。同是照相师，陈开来可以感受到李木胜拍摄这组照片时的浓厚情感。另一组明显是抗日战争爆发后拍摄的，西湖已经不再是当初的西湖，苏堤上满是日本军队挖去桃花后种的大片大片的樱花，异常刺目。而更为重要的是，凭陈开来的判断，笔记本中还有一张断桥照片是刚刚洗出来不久的。

陈开来打开厕所门走出来的时候，突然被一个人拎了起来，扔进了甲等车厢里，车厢门随即合上。这时候，陈开来看到把他扔进车厢的是一个白净的短头发女人。女人看上去很精干的样子，一双眼睛冷得像寒冰。陈开来后来知道，她叫崔恩熙。崔恩熙迅速单腿跪下搜了陈开来全身，检查了他所有的随身物，然后她走到那个大人物身后，弯下腰去轻声说，厕所和他的包里都查了，没有武器。应该是个照相师。

坐在工作台前的大人物点了一下头，她一直都在专注地翻看着一堆资料。在她点头以后，崔恩熙把一堆东西扔在了陈开来的面前。

陈开来大叫起来，照相机摔坏你会赔吗？那是我半条命，你这简直是在谋财害命。

崔恩熙盯着陈开来看，慢慢地，脸上浮起了笑容。

陈开来说，你还有心思笑？

崔恩熙的嘴角牵了牵说，你再说一句，照相机就会被我扔出窗外去。

陈开来没敢再说话，他捡起地上的照相机，挂回到自己的脖子上。然后他的目光落在了大人物的背影上。这个女人现在扔开了一堆资料，正在工作台前翻看着一本书。陈开来侧过身努力地看到了书名，上面写着"飞鸟集"。女人并没有回头，很轻地说，让他走。

陈开来后来坚定地相信，一定是因为他在厕所里的时间过长，引起了大人物保镖们的警觉。而他们首先要查的，就是武器。那天，陈开来看到了大人物长长的蓝色呢裙，以及裙子下面一双黛染霜花高跟鞋。他突然觉得这个女人像一件精美的瓷器。

崔恩熙的嘴唇间迸出一个字来：走！

陈开来又看了一眼大人物的背影，晃荡着走出了甲等车厢。火车仍然在哐当哐当地前行，如果从天空中俯视，可以看到冬天里行进的火车，像一条冒着白气的长蛇。

上 海

1

　　这显然是一个十分寻常的上海冬天。赵前喜欢开着单位里的别克车去仙浴来澡堂的特别间洗澡，他顶喜欢被腾腾热气包围着的感觉，特别是在寒冷的冬天，他觉得全身的筋络骨肉是需要用热水泡一泡的。每次泡完澡，他都要在躺椅上躺半天，有时候叫一壶茶水，有时候修个面剃个头。他是一个慵懒和讲究的人，大家都叫他赵公子。赵公子就一个人生活着，作为一名优雅的光棍，谁也不得罪，和谁都不远不近，管着直属行动队总务处后勤科，这让他的油水显得十分充裕。他特别喜欢听澡堂那块厚重的棉布帘子下瞎眼的评弹师傅弹三弦。听着那苏州腔，他有时候会睡着。那天，他在特别间的法国进口澡盆里把自己泡得很软了，走出仙浴来澡堂的时候，他把一根555牌香烟塞进三弦师傅的嘴里，然后用打火机给三弦师傅点着。每次离开澡堂时给三弦师傅点烟是他的惯例。一般情况下，他们对上火后，三弦师傅会美美地抽上三口，然后赵前说，走了。

这一次走之前，赵前看到三弦师傅怀中那把陈旧的三弦有一根弦快断了。

你的弦快断了，赵前这样说。他看了柜台里收竹筹的杨小仙一眼，她正一边嗑着瓜子，一边翻着张恨水的《啼笑姻缘》。她面前的那只白铁皮筐里，躺满了横七竖八的竹筹。三弦师傅的嘴皮子搭着烟，他喷出一口烟，干笑了一声说，人都会死，断根弦不要太正常啊。

那天，足足提前了一个钟头，赵前和直属行动队一队队长苍广连一起去了上海火车站。赵前在这次接站任务中负责后勤，苍广连负责保卫。他们两个站在月台上一块被特务们辟出的空地上，远远地看一列车头冒着白汽的火车像奄奄一息的老牛一样，吭哧吭哧进入了站台。车子停稳了，先下来的是像燕子一样跳下的戴着墨镜的崔恩熙，她四下看了看。赵前看不到崔恩熙藏在墨镜后的眼神，他只是觉得这个女人的眼神一定杀气深重。接着他看到几名保镖从车上依次下来。然后才是赵前和苍广连这次要接的督察大员苏门。就在苏门摘下墨镜的一瞬间，赵前脑中电光石火地闪过了几年前苏窗含剪着短发的影子。那是他在燕京大学读书时的同学，也是他刻骨铭心的初恋。那时候的苏窗含是一个无比浪漫的文学爱好者，读了大量的文学名著并且尝试写作。当然，她和大部分人一样，特别钟爱大胡子诗人泰戈尔的《飞鸟集》。她家是书香门第，她出生的时候刚好她的父亲推窗看到了漫山遍野白得让人豁然开朗的雪，于是她的名字就有了"窗含西岭千秋雪"的意思。后来苏窗含断然离开了赵前，瞒着赵前独自去法国留学，仿佛从这个世界上消失了一样。在赵前好不容易联络上她时，她拒绝从法国回来，只寄回了一张在埃菲尔铁塔前的留影，并且在照片上写下两个字：纪念。

而现在，她成了苏门。苏门的眼光四处扫视了一遍，她瞬间看到了穿着米黄色风衣的苍广连。月台上的行人看到这边的排场，都慢慢地看西洋景一样聚拢过来。在熙攘嘈杂的人群中，夹杂着来自杭州的旅客金宝和陈开来。陈开来突然觉得他必须拍下这个微微抬着下巴的冷峻女人。于是，他打开了挂在胸前的相机，闪光灯亮起的时候，人群中有两名紧盯着苏门的枪手同时出枪。崔恩熙拔枪的速度更快，她击毙了一名枪手，而另一名枪手却被陈开来猛地撞了一下手臂，子弹射向了空中。等他再度开枪时，被崔恩熙一枪击中了肩部，巨大的推力让他跌倒在地。随即，枪手把枪换到了另一只手上，枪口顶着脑门就要开枪自杀的时候，又被崔恩熙击中了手腕，枪落在地上。而作为嫌疑人，陈开来也被两名保镖扑倒在地，他的双手被反剪过来，这让陈开来痛得哇哇大叫，他心疼地看着胸前重重地磕在了地上的照相机。金宝大喊，无法无天，冤枉好人，同时一脚踢在保镖的后腰上。这时，苍广连冲上前一把揪起陈开来，要带回76号。远远地，苏门缓慢地回转头看了陈开来一眼，说，让他走。

苍广连松开了陈开来的衣襟，说，你命好！然后，他威风凛凛地踹倒了一个背着行李的中年人，转过身大摇大摆地跟上前面被簇拥着离去的苏门。那是陈开来头一次见到苏门的样子，对着苏门的背影，他快走了几步又按下了快门。站在人群外的赵前笑了，他看到苍广连等人已经拥着苏门离去，于是走上前，用戴着羊皮手套的手拍了拍陈开来的脸说，兄弟，这里是上海。

上海怎么了？

上海不好混。你要当心。

陈开来记得，赵前的牙齿很白，他一路都嚼着口香糖。他戴着墨镜的样子，让陈开来看不到他的眼神，但是能想象到他眼睛眯起来的笑意。陈开来还听见有个特工在远远地叫他赵公子，他头也不回地应着。陈开来觉得，他很像报纸上的照片里经常见得到的那种美国飞行员。主要是他的腿跟美国飞行员的腿差不多长，走一步顶得上别人两步。

金宝揪着陈开来的耳朵大呼小叫，说，姓陈的，你不要命了，你差点害死我了。我的命你赔不起，很值钱的。陈开来没有理她，一直望着苏门离去的方向，久久没有转头。在他的身边不远处，崔恩熙卸下了那名受伤刺客的枪，立即有两名保镖上前把刺客绑了起来。崔恩熙蹲下身拍了拍枪手的脸说，哪儿的？

刺客看了看密密麻麻的人群，说，重庆的。

崔恩熙笑了，说，我知道就是飓风队干的，你们陶队长怎么没亲自来？

"上海特别市政府"大楼前，赵前的身子靠在那辆别克车前。他特别喜欢后勤科的别克公车，简直把它当成了自己的小老婆。他喝了一口手中拎着的洋酒，看到自己曾经的女人，大踏步走向"上海特别市政府"大楼的台阶。几年不见，她当了汉奸，爬到了那么高的位置。他突然有了无穷的担心。在火车站月台上，那名杀手的尸体被苍广连的手下拖走了，但是杀手是杀不完的。苍广连那天晃到了他的身边，在赵前的耳边说，这个女人不是善茬，听说这次来是代表"财政部"下来的督察大员。这哪有不贪的官员，她查得过来？

你怕什么？赵前笑了。

苍广连愣了一下，说，你才要当心，你一天到晚公车私用。

那不算什么，别碰钱就行。

苏门踏着那双黛染霜花高跟鞋，走上高高的台阶。一路都有人引领着，她想起了在火车站月台上惊鸿一瞥见到的赵前，他竟然在76号特工总部做事！他的身份究竟是什么？于是，她想起了《飞鸟集》中的一个句子：你微微地笑着，不同我说什么话，而我觉得，为了这个，我已等待得久了。她很快收起了这个念头，快步走进了大楼里。作为汪精卫政府的督察大员，一直到坐进专门为她设置的临时办公室里时，那些在大楼门口欢迎的官员还捧着鲜花伸着脖子久久没有散去。苏门站到窗前，掀起窗帘的一角，观望着大楼门口站在车边的赵前。这个阴魂不散的男人，又要开始与他有交集了。这时，崔恩熙匆匆进来告诉她，今天的事务中最后一项是接风晚宴。

苏门的目光依然盯着窗外楼下的那群人，说，三分钟内审出刺客来!

在一个空旷的大房间里,崔恩熙当着苏门的面,把一个点着的烟头,扎在了那名受伤刺客的眼珠中,惨叫声在大房间里回荡着,刺客的一只眼睛随即瞎了。崔恩熙深吸了一口烟,烟头的火光再次疯狂地红了起来。然后,她把烟头又对准了刺客的另一只眼,这时,刺客喘着粗气大声而语无伦次地交代了。刺杀苏门的人并不是军统飓风队的,而是被人买通了灭苏门的口。这个人叫孙邵为。

苏门笑了,说,孙邵为一定在大楼门口欢迎的人群中,去找来,顺便叫上76号的李默群。

崔恩熙环视着众人,语气平静地说,谁是孙邵为?跟我走。崔恩熙是个快手,没有人知道她的手到底有多快。她的身上,没有人能知道藏着多少把枪多少把刀。

那天,孙邵为像一只灰溜溜的松鼠一样,耷拉着尾巴从人群中走向崔恩熙。看着孙邵为被叫离人群,所有来迎接苏门的人,都倒吸了一口凉气。他们突然觉得,既然这次叫走的是孙邵为,那么苏门对于"华美药房杀兄案"引发的一系列官员受贿渎职丑闻,估计是要下狠手了。

那天孙邵为没有回家,直接被羁留下来。他耷拉着头,像一片将要离开枝头的树叶一样,颤颤悠悠地出现在苏门面前。苏门冷冷地看着孙邵为,直看得他后背发凉。

苏门说，你留下。

六名调查员已经集合在她的办公室门口。他们每人交出了一只信封，全部是他们早前接到苏门的任务，提前查到的一些官员贪腐的证据。而崔恩熙后来告诉苏门，76号主任李默群公务在身。

苏门说，查他今天的行踪，邀请他明天来我这儿。

那天的黄昏，天气并不是很好，云层压得很低，仿佛随时都会整块掉下来似的。苏门站在窗前，目光越过几幢低矮的楼房，望着宽阔无边的上海，她再次不可遏制地想起一个叫赵前的人。在燕京大学读书的时候，他比一块沉默的砖头还要安静。她不知道，现在赵前有了一个绰号，叫赵公子。在夜色来临以前，苏门为自己倒了一点儿酒。她喜欢喝尊尼沃克公司的黑方，在她抿上一口酒的时候，看到黄昏越来越沉重地压了下来。

2

走在大马路上，金宝又开始神气活现起来。她说这次
要去投奔的小姨娘叫杨小仙，她在仙浴来澡堂收竹筹。陈
开来却心急如焚，他急于知道油纸包里还有什么秘密，急
于知道，李木胜为什么在笔记本上写下了"断桥不断"四
个字。这是什么意思呢？另外，李木胜还写下了几句看上
去像是关于照相机的对话文字……

金宝的小姨娘出乎意料地年轻，简直可以给金宝当妹
妹。当站在杨小仙面前的时候，陈开来被这个小姨娘嘴角
边的两个酒窝温暖了。陈开来说，等有了新相机就给她拍
一组《冬日暖阳》。那天的晚餐，他特别喜欢吃小姨娘端
上来的扬州炒饭。陈开来一边吃着炒饭，一边跟杨小仙
说，我想租个店面，你能不能借点儿钱，让我开个照
相馆？

金宝诧异地望着陈开来说，借钱哪有那么容易？借的
时候你是孙子，还的时候你就成大爷了。

陈开来瞪大了眼睛说，有钱不借，那就不是钱了。

杨小仙淡淡地笑了一下，说，隔壁的笑一笑照相馆正

在转让。又轻声说，我是有一点点钱的。

第二天清晨的光线里，陈开来在笑一笑照相馆门前对着橱窗里的女人照片打量了很久。那天，杨小仙把所有的私房钱都拿了出来，金宝再垫上了一笔来历可疑的钱，直接将隔壁的照相馆盘了下来。金宝说，你打个欠条好了。陈开来迅速地写下了一张欠条，随即把欠条塞到了金宝的手里。他主要是没有心思去理会金宝，他要把有限的时间全部用来站在照相馆门口，想一想他同照相之间的事。他一点儿也没有想到，自己从八岁开始，想了十八年的事情，一下子就实现了。陈开来想起八岁那年，也是大雪纷飞，他去住在千柱屋的远房亲戚斯家吃喜酒，头一次看到他们家拍了一张全家福。他完全被那个叫照相机的大家伙迷住了。那个漫长的下午，他和一个叫沈克希的姐姐一直趴在照相机的后盖黑布里，想要解开关于照相机的所有秘密。

看到笑一笑照相馆的店老板开始收拾简单的行李准备离开，金宝把手搭在了陈开来的肩上，她的半边身子也倚在了陈开来的身上说，我出钱你出力，二八开，我八你二。我才是这儿真正的老板。

陈开来冷笑了一声说，不要说二八开，就算是一九开，我也是老板之一。

那天，陈开来看到了照相馆老板要带走的一只徕卡135照相机，他的目光就舍不得离开这只照相机半分。金宝一直在望着他，她觉得陈开来仿佛想整个人都钻进照相机的镜头里去了。金宝让老板把照相机留下，又付了一笔钱给老板。她把徕卡照相机塞进陈开来的手里说，这次真的变成我九你一了。接着金宝又说，话得先说清楚，这是我的照相机，但你可以用。

　　陈开来笑了，说，没有我，你的照相馆能开起来？

　　金宝冷笑了一声，说，得了便宜还卖乖。吃了你一碗馄饨，后悔我三辈子。

　　那天，陈开来倒是对杨小仙十分真诚地说，这次让你破费了。陈开来照相馆的第一张照片，我一定要给你拍。

　　生日那天给我拍好了。杨小仙说，拍太多照片不好的，精气神会被照相机吸走。

　　陈开来笑了，说，你几岁了？

　　杨小仙说，我二十三。

　　陈开来说，从今年开始，每年我都给小姨娘拍一张生日照，我祝你福如东海，寿比南山。福星高照，早生贵子。

　　杨小仙眯起眼睛笑了，说，你胡说。我还没嫁人，怎么会有贵子。

这天晚上，陈开来把自己关在暗房里，用李木胜的那把放大镜在灯下查看照片。他的脑海里浮现起红酸枝木手柄的放大镜在雪地中插着的情景，那些曾经干脆利落的枪声，仿佛受潮了一般在灯光下变得十分缥缈。陈开来想起血肉模糊的李木胜被日军在雪地中拖行，像一只到处都是洞的皮袋。而雪地中那把孤独的放大镜，现在就在陈开来的手中。他相信，从李木胜口袋中跌落雪地的这把放大镜，一定是有用的。

在放大那张最新洗出的断桥照片时，他看到了细小却清晰的文字。文字中的内容主要是：断桥同志，"西湖三景小组"今起被正式唤醒，请前往上海，以开办照相馆为掩护，以断桥放大照片为橱窗照片，等待接头和任务，协同小组成员拿到日军"沉睡计划"。

陈开来怅然若失地放下了放大镜，久久地在这张照片前坐着。老光棍李木胜原来是中共地下工作人员，他看上去那么木讷，竟然当上了特工。随后，他开始放大那张断桥的照片，这张照片按计划须挂放到橱窗上去。而就在调制显影液的时候，陈开来发现工作台上的显影粉有被动过的痕迹。

那天半夜，金宝喷着酒气，跌跌撞撞地从米高梅舞厅回来，嚷着要和陈开来吃夜宵，那时陈开来刚洗出一张新的断桥照片，他想尽快按计划把这张照片放到橱窗里。望着靠在墙壁上不停打饱嗝的金宝，陈开来说，这是春光照相馆老板李木胜获过奖的照片。

你师父是个共匪吧，要不就是国民党军统的情报人员。金宝喷着酒气说，她的身子缓慢地顺着墙壁滑了下来，索性一屁股坐在了地上。

他不是我师父。陈开来专注地端详着照片，坚决地说，他是什么身份，都同我没有关系。

金宝笑了，闭着眼睛笑。她的酒喝多了，身子一歪就躺倒在了地上。我怎么觉得他像是你的师父。金宝含糊的话音刚落，就在地上蜷着腿打起了呼噜。陈开来望着金宝像一只猫一样睡了过去，他无奈地摇了摇头，最后去金宝的房间抱了一床被子，抛在了她的身上。看上去金宝只有一丛黑色的头发露在被头外，陈开来望着那一丛黑发，想起了那天雪地里的黑色"包心菜"。

那天晚上，陈开来抱着那只徕卡照相机睡觉，睡在无限的怅惘里。他特别喜欢徕卡相机的重量和质感。以前在南京当随军记者的时候，他是有过一台德国佬的徕卡相机的，但是在南京保卫战中丢失了。他听到了金宝此起彼伏的呼噜声。而陈开来却一直睁着空洞的眼睛，他心里想，照片中传达的信息是"西湖三景小组"正式被唤醒，那么那个接头人，他什么时候才能找到自己？

3

第二天的清晨，苍广连和李默群匆匆赶到。苏门在她的临时办公室里背对着苍广连和李默群，首先告诉他们，他们来接站，但是火车站站台的安保做得不到位，让她差点成了枪下之鬼。另外，李默群昨天并没有公干，而是在和人打麻将，一起打麻将的另外三个人是烟土商张三林、梅机关特工浅见泽，还有被军统暗杀的季云卿的干女儿佘爱珍。苏门接着说，化工大王方液仙死在76号这事情，还没有了断。这背后有什么隐情，你们是最清楚不过了。紧接着，苏门下达了一个让苍广连左右为难的命令：立即逮捕76号特工总部总务处处长俞应祥。

李默群铁青着脸，一言不发，苍广连在苏门面前垂着头，不时地斜眼看一看李默群的表情。后来，李默群终于憋出一句话来，逮捕俞应祥，这事恐怕需要报请上头同意吧。苏门没有说话，她开始翻看那本《飞鸟集》，看得很认真的样子。屋子里陷入一种无边的寂静。终于，苏门从那本书上抬起了头说，五分钟过去了，我的忍耐是有限度的。马上逮捕俞应祥！

苍广连额头上全是汗珠，他再一次看了看李默群，但是李默群仍然不动声色。

苏门笑了。她站起身来，用手指头敲了敲桌面。门随即被推开了，崔恩熙走了进来。苏门轻声说，逮捕苍广连！

崔恩熙突然出手，苍广连的手臂在瞬间被扭在身后。他身子前倾，哇哇乱叫。苏门微笑地看着李默群，李默群从牙缝间蹦出了四个字，逮俞应祥！这时，崔恩熙松开了手，苍广连跌倒在地上直喘气。李默群看到苍广连的小手指红肿得像一截胡萝卜，可能是被崔恩熙扭断了。果然，苍广连带着哭腔对李默群说，我的小手指断了。

崔恩熙说，头没断，已经算是手下留情了。

苍广连说，我下午就抓俞应祥！

崔恩熙说，不，现在就抓！现在俞应祥在仙浴来澡堂泡澡。

那天，李默群带着苍广连灰溜溜地走下高高的台阶，走得十分漫长，仿佛有着遥远的路程。苍广连紧紧跟在他身边，说，主任，我们是不是要给她备份大礼？李默群举起右手打断了苍广连的话。他阴沉着脸一言不发。在他心里，早已判定送再多的钱都不可能摆平苏门这块尖角石头。在台阶上每往下走一步，他的脑海里都在回闪着这个督察大员那种看似春风拂柳，实际上杀气四伏的样子。把临时办公室放在财政局，而且她要查的也是金融与贪腐，李默群觉得除了安全接送她以外，根本没有自己特工总部啥事。但是现在看上去，她仿佛是要对鱼龙混杂的76号特工总部下手。76号特工总部里汇集了中共叛徒、军统叛徒、流氓地痞、打手恶霸，当然还有读过书的比地痞"可怕"十倍的"文化人"。这些人不要想争取一些利益，那是万无可能的。李默群意识到自己小瞧了苏门这个女人，和上海滩大名鼎鼎的佘爱珍相比，苏门恐怕有过之而无不及。这漫长的台阶，终于被他走完了，现在他已经想得十分明白，俞应祥是保不住了。俞应祥搜刮地皮、贪腐贩烟，什么来钱做什么。这些钱有很大一部分，最后转送到了李默群的银行账户上。

李默群带着苍广连回到了76号。那天，李默群在办公室来回踱步，仿佛是想要把鞋底磨平。他打了一个电话，然后就在沙发上坐下来，用手掌托着半边脸发了一会儿呆。苍广连已经在大院操场上整队完毕，一辆篷布卡车就停在不远处。苍广连看上去有些烦躁，他来回踱着步，不时地看着手中的怀表。一不小心，他的怀表摔落在地上，捡起来的时候那表针已经不走了。苍广连用力地甩动着怀表，表针仍然不动。他蹙了一下眉头说，今天是什么日脚，喝口凉水都塞牙。

　　就在这时候，苍广连一抬眼，看到李默群已经走到了办公室外的阳台上。一阵刚刚吹来的风掀起了他西装的一角，他就在那阵肆无忌惮的风中无声地挥了一下手。苍广连收回他的目光，咬着牙对特工们喊了一声：出发！特工蜂拥登上了大卡车，一瞬间，大院操场上就没有人了。苍广连站在篷布卡车旁，再一次抬起头，和阳台上的李默群对视了一眼，郑重地点了点头。他突然觉得，那个被扭断了的小手指头传来的一阵一阵的疼痛，似乎让他醉生梦死的人生开始变得不那么吉利了。

4

陈开来掀起仙浴来澡堂那块写着"清水盆汤"四个字的白棉布帘，走进热气腾腾的澡堂时，被那一股夹杂着难闻的人肉气息的热浪熏了一下。那天，小姨娘杨小仙同他讲，你好好泡一泡，把骨头都泡软。陈开来说，小姨娘，水能把骨头泡软？又不是用醋泡的。话是这么说，但陈开来还是走进了杨小仙给他安排的一个特别间，光溜溜地爬进进口搪瓷浴盆里，果真把骨头全部泡软了。在热水的包裹里，他感觉到这几天有些乏了。墙角边的水汀仍然散发着一波一波的热浪，考究的高级牛皮沙发上放着换洗的衬里衣裤。陈开来在浴缸里睡了一觉，醒来的时候发现手指上的螺纹都被泡皱了。在丝丝缕缕的评弹声音里，他换上干净衣裳，出了特别间，又在杨小仙的安排下，找到了一个叫丁阿旺的扬州修脚师傅给他修脚。他边修脚，边摇晃着脑袋听戴着墨镜的瞎子弹着三弦唱评弹《玉蜻蜓》。离开澡堂的时候，陈开来往三弦师傅面前丢了一张法币，三弦师傅随即喑哑地笑了一下。也就在这时候，一根弦突然断了。

那时候刚好走到澡堂门边的陈开来愣了一下，看到屋檐上融化的雪水正在慢条斯理地滴落。这突然断掉的一根弦让他迈不出这一步，像是在等待着一句话。果然，三弦师傅说，人生无常。

陈开来笑了一下。三弦师傅又说，人生何处不相逢。

于是，陈开来转过身来，看到三弦师傅一脸坏笑的样子。他的嘴里叼着一根烟，雪白的烟灰颤悠悠地挂在香烟上，在一阵轻微的风中，烟灰不由自主地降落在他的青灰色长衫上。陈开来还看到，三弦师傅的脖子上围着一块陈旧的灰白色毛线围巾，看上去像被一只巨大的手环住了脖子。

这时，陈开来听到了一辆汽车的刹车声，以及纷至沓来的脚步声。

杨小仙看到一辆篷布车停在了澡堂门口。一群人从车上跳下来，然后，副驾驶座旁的车门打开，走下了苍广连。苍广连先是在车门边点起一支烟，在稀薄而缥缈的阳光下，他像一张折皱的照片。杨小仙脸上的笑容还没有打开，这群人就冲了过来。气势汹汹的苍广连一把推开杨小仙，带着人像一串带鱼一样冲进了澡堂。瞎眼的三弦师傅一把扶住杨小仙的同时，无意间把苍广连那只本来就奄奄一息的怀表撞落在一只脚盆里。这让苍广连停止了前行，他回转身盯着三弦师傅看了一会儿，突然一巴掌打掉了对方的墨镜，说，把你的狗眼睁开。

三弦师傅的墨镜掉在地上，一只脚断了，像一只受伤的壁虎。他把脸转向澡堂门口一片白晃晃的光线，强烈的光线让他的眼眶里不停地流出了泪水。这时，苍广连认出了眼前的这个瞎子，正是当年南京保卫战七十四军一〇六师的突击营营长杜黄桥，也就是自己当年的顶头上司。

苍广连望着眼前落魄得像一个讨饭佬的杜黄桥，不由开心得浑身颤抖起来。他突然感受到了巨大的幸福，这让他的眼中饱含着泪花，他想，报仇雪恨的日子终于到了。这样想着的时候，他耳畔似乎密集地响起了枪炮声。四年前，眼看自己所在的独立营要全营覆没，一连连长苍广连红着一双血眼建议杜黄桥立即带残部撤退，甚至在日军越来越逼近的关头，怒吼着拿枪逼杜黄桥下令，让杜黄桥给独立营留点儿种。没想到却被杜黄桥一脚踹翻在地，并且被下令绑了起来，说等打完仗要按逃兵交军法处处置他。好在自己大难不死，逃出南京后到了上海，跟了远房表舅李默群才混出半个人样。现在，那个要对自己军法处置的顶头上司成了瞎子，苍广连觉得老天有眼，在这个冬天的上午需要算一算旧账。他捡起了脚盆里那只怀表，塞在杜黄桥的怀里说，这表给你搞坏了，十分钟内修好，修不好表，那我一定把你给修残了。

苍广连说完，带着特工们继续奔向澡堂最里面的那一排特别间。所有正在修脚的浴客，望着刚才的变故目瞪口呆，夹杂着慌乱和兴奋的声音响了起来，一片嘈杂。在澡堂内纷乱的时刻，陈开来举起手不停地轻擦着自己蓬松而潮湿的头发。现在，他终于看清了那个说人生无常的三弦师傅，竟然就是当年独立营营长杜黄桥。他的眼前浮现出南京保卫战的画面，硝烟无拘无束地在他眼前飘荡，在震耳欲聋的枪炮声中，陈开来不停地四处跳跃隐蔽，也不停地用那只徕卡照相机拍照。他像一条气急败坏的狗，不停地喘息着。不时有尘土冲进他的鼻腔，灰头土脸的他觉得整个人干燥得快要裂开了。在一发炮弹呼啸着落在他的身边时，红着一双血眼的杜黄桥一把按下了他的身体，从炮火中救下了他。

原来，云淡风轻地弹着三弦的杜黄桥，早就认出了陈开来，所以他才会说，人生何处不相逢。现在的他穿着软旧的长衫，像一锅没有动静的温暾水一样，全然不像当年有着浑身外溢的阳刚气和火暴脾气的军人。

杜黄桥捧着那只怀表，慢吞吞地说，机械表落水不走只要把进水处烘干即可，修是不难修的，但是零件太多，重新组装才是难点，但也不是不可能。他说得就像是一只蚂蚁爬过午后的一堆阳光，就像是在说一场梦话。陈开来心头哀鸣了一声，他觉得杜黄桥和那个猛踹他一脚，差点儿把他踹成两截的年轻军官完全不一样了。他一把夺过杜黄桥手中的怀表，疯狂地冲向不远处的照相馆，从抽屉里找出一套他自制的工具。他像一阵龙卷风一样卷过来卷过去，把柜台里对着镜子描眉毛的金宝吓了一跳。她扭头看到陈开来赤着脚奔跑，像一只惊慌失措的野猫，于是，大吼一声，天塌了？

那天，金宝顶着两条上下不对称的眉毛，跟在陈开来的屁股后头匆匆走到了仙浴来澡堂的门口，一边走一边兴奋地说，我同你讲一件非常重大的事，我已经在米高梅舞厅站稳了脚跟。不仅站稳脚跟，我还从冰冰手里抢来了一位财神爷冯少。晓得冯少哦？屋里厢开火柴厂的。他每天都要送我一束花的。喂，你这个聋子是不是在听？

陈开来没有理她，冲到澡堂收竹筹的那张台子后，把怀表放在台子上。他抬眼盯住杜黄桥说，你能教我？杜黄桥用长衫的袖子擦了一下他烂桃似的眼睛，俯下身去，说，我略懂一二。开始！

随即，那些修脚工和浴客都围了过来，他们围在边上观望着，看一个愣头愣脑的人开始拆开怀表。一名浴客说，我在帮你计时，你不用慌的。

杜黄桥笑了，他努力地睁一睁一直都睁不开的眼，光线刺得他的眼眶里都噙满了泪水。他感觉到春天就快到了。他最后说，是的，不用慌！

那天，赵前在特别间里睡得热烈而绵长。在这之前，一个膀大腰圆的高邮男人在给他松骨，然后他就在暖和的特别间里进行了一场昏过去一样的沉睡。门是被苍广连踢开的，苍广连看着惊醒后一脸懵然的赵前说，赵公子你怎么在这儿？赵公子其实不是特别有钱，但是特别像公子哥儿。每个礼拜，他都会来仙浴来两趟，雷打不动。他给自己的理由是，享受蛮要紧的，因为人终归是要死掉的。松骨师傅离开后，他一直在牛皮沙发上躺着。他预感到初恋女友苏窗含要搅动整个上海了。他想起了自己已经沉睡两年零三个月。他还听说一个叫"麻雀"的共产党人就战斗在上海，但是从来没有人联络过自己。所以在雨水丰沛的上海城，他有着十足的沮丧。现在，他接到了延安的密令，他的代号为"雷峰塔"，将作为"西湖三景小组"之一被唤醒，并且他需要尽快联络上另外两名同志："断桥"和"苏堤"，而"苏堤"同志也会设法联系他。除此之外，他们这个三人小组将会有一个叫"戴安娜"的组长单线联系他们，他们只需接受指令。

赵前在沙发上坐直了，晃荡着脑袋刚想说话，苍广连就已经离开了赵前的特别间。他的手下正连连踢门，这让赵前觉得一定是发生了什么大事。他想了想，猛然开始穿起了衣裳，这时，他听到了一声惊叫以及凳子倒地的声音。赵前随即点起了一支烟，他连续猛抽了几口，两眼射出两道晶光来。他晓得的，变故已经发生了。

陈开来专注得几乎听不到任何声音，只有风轻轻拂起他的头发尖。他的双眼紧盯着那块怀表，手中的小螺丝刀在转动着。在他眼里，世界如同平静而碧蓝的大海一样，除此之外他什么都看不到。就在他收起小螺丝刀的同时，有一个浴客大叫了一声，刚好十分钟。而也就在此时，陈开来才长长地松了一口气，所有的声音似乎这时才灌进他的耳朵。随即，他看到苍广连拿着手枪走在前头，正在用脚猛踢挡住他路的浴客。紧随其后的两名特工则拖着一个赤身裸体已死去的人，匆匆地走向澡堂门口停着的那辆篷布卡车。陈开来看到尸体的脖子上有深深的勒痕，死者的舌头都吐出了嘴外。显然，他在泡澡时被勒死了。陈开来还看到两名特工努力地想要把尸体扔进车厢，他们笨拙得如同两只六神无主的熊。尸体没能扔进车厢，而是掉在了地上，沾上了一身的泥灰。于是，澡堂门口的众人都哄笑了起来，苍广连突然用手枪顶住一个修脚工的脖子，说，你再笑出一声来，我立即把你的气管打穿，让你笑得十分漏风。

众人的笑声于是戛然停止。一切又安静得能听到人的呼吸声，在这样的安静里，金宝扭动着腰肢挤开人群走到了苍广连面前。她用双手抱住自己的身体，勾着下巴看着苍广连说，长官，大庭广众之下想杀人？我小姨娘的澡堂又不是屠宰场。苍广连说，你胆子比奶子还大。那小姨夫我告诉你，我不会随便杀人，我不过是爱走火而已。苍广连说完，突然就朝天一枪，说，看到没，小姨夫走火。要不要再走一次火试试？

没有人敢再说什么，他们与苍广连保持着一定的距离。苍广连此时的手枪已经顶住了陈开来的额头，却头也不回，反手一巴掌打在了杜黄桥的脸上。

你们谁是凶手？苍广连这话其实是对陈开来说的。

苍广连刚说完，就注意到了陈开来手中那只已经修好的怀表。他伸出手去，拿过怀表仔细看了一看，随即挂在了脖子上。你是怎么修的？苍广连问。

陈开来说，就是用你枪顶着的这个脑袋瓜修的。

苍广连把手枪从陈开来的额头移开。他围着陈开来转了一圈，一会儿笑出声来，说，看上去你很有凶手的潜质啊。陈开来说，如果刚才那位兄弟说修好表刚好十分钟的话，那么倒算回去，你去特别间查房，一共用了八分五十七秒。你一共踢了四扇门，最后一扇门是四分十一秒时踢的，而你从最后一扇门里出来需要那么久。我就知道，这时候你找到你要找的人了。

苍广连愣了一会儿说，你心思那么密，有杀人嫌疑！

苍广连又望着杜黄桥说，人是你和他一起杀的！就这么定了。

我一个瞎子怎么杀人？而且……杜黄桥站起身，猛地捶了一下自己的右脚说，我是个瘸子！瘸子方便杀人吗？

苍广连看着杜黄桥的那条果然倾斜着的右腿笑了，他绕着杜黄桥的身子转了一圈，突然拿起一张凳子重重地砸在杜黄桥的右腿上。凳子散了架，杜黄桥却还站着。

苍广连说，瘸了？瘸了好啊，南京打仗那会儿谁让你不跑的？既然不跑，不如瘸了。

苍广连又说，瞎了？瞎了好啊。瞎子能算人的命，那也就能要人的命。是你用绳子勒死了人。苍广连边说边把自己的手枪顶在杜黄桥的肚皮上说，我可以不打死你，我只打穿你的肚皮。

杜黄桥整个人都抖动起来，他的脸瞬间白得像一张纸，说，我真没杀人，就是我有心我也没那胆。

苍广连大笑起来，笑了一阵，仿佛觉得索然无味，于是收住了笑说，我就知道你这厮人没那胆，你被南京那一仗给打怕了，你厥了！你拿什么跟日本人斗？我刚才就只是想吓吓你！

这个让人饥肠辘辘的中午，许多浴客都看到苍广连在离开澡堂之前，猛地拿手枪捅进了杜黄桥的嘴里，来回搅动着。杜黄桥马上就多了一嘴的血，泡沫丰富得溢出来。苍广连边捅边说，姓杜的，今天算你运气好，才留你一条狗命。要是哪天我心情不好，这枪一定走火。

杜黄桥于是露出了绝望的神色，最后说，你怎么还记着翻陈年老账。你最好还是放我一条生路吧。

苍广连大笑起来说，生路？你当初给独立营的兄弟们生路了吗？唐生智自己都划着小船从下关码头逃出了南京城，你还让独立营兄弟们去送死？苍广连边说边猛踹了杜黄桥一脚，我告诉你，陈年老账也是账。如果你能滚出上海滩，永远别让我见到你那张饥寒交迫的苦脸，那我可以既往不咎。

杜黄桥捂着腰，慢慢地倒在了地上，当他胡子拉碴的脸贴在冰凉的地面上时，在他微弱的视线中，苍广连带着陈开来走了。被推搡着押走的时候，陈开来一转头看到了那把椅子上杜黄桥放着的三弦，突然一个激灵。他看到三弦的琴身上刚替换上了一根新弦。这时，他觉得他刚才修表时眼前出现过的平静的海面，突然涌起了呼啸的潮声。

陈开来临上汽车前，突然被叫住了。金宝的声音响了起来，这位长官，你凭什么随便就带走人！

苍广连回转身，用一双三角眼翻了金宝一眼，他抬头看了看天空，轻声说了一句，我想带走全上海的人，也是轻而易举的事。然后他拉开了副驾驶座旁的车门。在金宝细长的视线中，篷布卡车摇摇晃晃地开走了。

这时，赵前穿好了衣服，叼着一根烟走到了澡堂门口，他看到了车轮印子边上的一小缕血迹。杨小仙走到他的身边说，俞应祥被杀了。赵前用皮鞋轻轻踢着泥与沙混合的那一小片土说，那是气数到了。杨小仙又轻声说，他们逮走了我朋友，你有没有办法帮我？

当然要想办法。杨小仙一回头才看见金宝不知什么时候已经到了他们的身后。她吹出一口烟说，他还欠着你好多钱。欠你钱就等于欠我钱是不是？

杨小仙皱了一下眉头说，救人要紧，别老惦着钱。

欠债还钱，天经地义。金宝掐灭了香烟说，没钱你过三天试试！小姨娘，我看你寸步难行。

傍晚的风有些阴冷，大地正在天黑之前迅速冰冻起来。那天，杜黄桥在热气腾腾的澡堂里躲在那块棉布门帘的背后，不停地弹着三弦。终于弹完一曲，琴声戛然而止时，杜黄桥望着澡堂外面深远的黄昏说，雪融化之前，他要是回不来，那就是命。

　　这时，黑夜完全来临了。

5

这天晚上，瘦长的冯少戴着一副黑色边框的眼镜，穿着一件看上去有些肥大的西装，两条腿并拢着，十分规矩地坐在米高梅舞厅的角落里。他捧着一束瘦弱的鲜花，目光追随着四处走动跟人打招呼的金宝。金宝很忙的样子，在冯少忧伤的目光里，金宝会时常显现出疲惫的模样。找她跳舞的舞客很多，他们总是把身体和她贴得紧紧的，在冯少眼里，这简直是想把整个人嵌进金宝的身体里。冯少一直觉得跳舞是最没有意思的一件事情，跳舞就是在一块不大的地方来回地走动。所以他选择了送花，他一束一束地送花。金宝一扭一扭地走了回来，在他边上坐下了。冯少就殷勤地把怀里的鲜花递了上去。金宝皱了皱眉说，你帮我拿着。金宝接着猛抽几口烟，在烟灰缸里掐灭了烟头，对冯少努力地笑了一下说，你有没有五千块钱？冯少重重地点了点头说，我有。金宝说，那好，晚上我早点收工，你要同我一起去仙乐舞厅。

冯少不晓得的是，金宝下午就去找了在六大埭一带混的白银荣，据说他是杜月笙的门徒之一。他和他的师父不一样，他师父爱穿长衫，拿一把折扇，时常用毛笔写字。他爱穿一身短的，身上挂至少三把刀子。听完金宝说的话，他一边把短胖的手伸向金宝的屁股，一边喷着酒气说，从76号捞人可跟从地狱里捞人差不多，一万块。金宝说行。金宝又说，把手拿开。金宝的话让白银荣突然觉得索然无味，就在金宝的一只脚踏出门槛时，白银荣叫住了她。白银荣说，涨价钿了，再给两千块。

听到这话，金宝索性转过身来，她隔着门槛，一脚里一脚外，把身子倚在了门框上，看上去像一只风情万种的猫。金宝的大眼睛慢慢地眯了起来，仿佛是在笑。阳光穿透云层，越过门口的竹竿，准确地投在金宝一半的屁股上。金宝觉得自己好像暖和了一点，在这样的暖意中，她说，对不起，一分洋钿都不会给你了。

金宝的话让白银荣愣了片刻，你不想捞人了？你晓得76号捉去的人哪个不是九死一生？

金宝头也不回地走远了，走开的时候她抛下了一句话，那就让他死！

金宝在一盏路灯惨淡的光影下等到了舞女莎莎。站在她身后一片阴影里的是仍然举着一束花的冯少。冯少在金宝背后喋喋不休，他刚刚拿到金宝写给他的五千块钞票的借条。冯少接过了借条，举起来在路灯下看了看说，其实不写借条也没有关系的呀，五千块又不是花不完的。金宝说，你送是你送，但我问你借那就是我借的。亲兄弟也要明算账的。冯少显得十分失望，一副怅然若失的样子。金宝没有理他，顾自抽着烟，一双眼睛盯着仙乐舞厅的门口。冯少多少觉得有些无趣，他把自己瘦长的身体深陷在黑暗中，在那浓重的黑暗中吐出一句话来，能不能一起去重庆过日脚？我们可以去重庆开一家小型的火柴厂的，过小型的日脚。金宝吹出一口烟，说，谁跟你过小日脚？接着金宝又吹出了另一口烟说，重庆有上海大吗？

莎莎就是在这时候走到了那盏路灯下的。金宝朝她妩媚地笑了笑，说，莎莎。莎莎叫朱大黑，江苏常州人，莎莎是她在仙乐舞厅用的名字。金宝打听到，莎莎是苍广连的姘头。莎莎站定了，在路灯下疑惑地望着金宝。金宝朝冯少挥了挥手，说，把花送给莎莎小姐。冯少就听话地把那束花捧到了莎莎面前。莎莎并没有接，而是点着了一支烟，通过那微弱的打火机火光，金宝看到了莎莎脸上厚重的脂粉。莎莎美美地吹出一口烟，对冯少说，你是哪路货？

冯少回头可怜地望着金宝。金宝笑了，说，他不是货，他叫冯少，花可以收下，钞票也可以。

金宝于是把一包钱塞在了花丛中，并且接过那束花递到了莎莎面前说，我是米高梅的，同是天涯沦落人。我们会是好姐妹的。

她们果然成了好姐妹。两个女人勾肩搭背地走在前面，她们竟然一起去华懋饭店的酒廊喝酒。冯少踩着她们倾斜而瘦长的身影走在料峭的上海街头，他突然觉得在金宝面前，自己本身就活得像一片影子。这个欢快的晚上，酒廊里不时地有外国男人来搭讪，他们和两个穿着旗袍的女人喝得兴致十足，酒和烟的气息一直在冯少的身边弥漫着。就在他差不多快要窒息的时候，突然听到莎莎对金宝认真地说，我朱大黑要同你金宝结为姐妹，不求同年同月同日生，但求同年同月同日死。

冯少还听到了金宝的话。金宝站起身来大声地对莎莎说，不，我们两个都长生不老，我们当仙女。

6

陈开来被释放是那天下午两点钟光景。他怀中紧紧抱着他的照相机，在地板上睡着了。铁门打开的声音让他醒来，他只是转过头去，看到门口站着一个年轻的小特务。看上去他只有十六七岁，嘴唇上面长满了细密的绒毛。陈开来就那样侧着头看着他，他晓得这个小特务叫阿庆。陈开来说，阿庆，看来我今天要被放出去了。

阿庆的两只手插在口袋里，故作老成地点了点头说，恕不远送。

陈开来眯着眼，慢吞吞地走出了76号直属行动大队的看押室。在特工总部的大院操场上，他看到驻扎在76号的日本宪兵小队的宪兵们正在打篮球。他们穿着日军的军裤，上半身光着，全是汗水。在他们怪异的笑声中，陈开来看到了游手好闲的苍广连。苍广连穿着呢子大衣，嘴里叼着一支烟，两只手插在裤兜里，似笑非笑地看着他。望着陈开来像一棵病了的禾苗一样一寸寸移向大门口，苍广连不由得想起莎莎在他身上特别卖力的那一次。莎莎在最紧要的关头说，你能不能把陈开来放了，他是良民。苍广连说，你这事能不能一会儿再谈？莎莎说，这么重要的事，当然要现在谈。

苍广连于是就说，放，放，放……

陈开来走到76号大门口的时候，抬头看了一眼写着"天下为公"的巨大牌匾。他觉得无论如何必须为自己留下一个纪念，于是他取下胸前的照相机，让刚好在门口晃荡的赵前帮他拍一张照片。看上去他们十分友好，从街对面望过去，几乎就可以看到他们谈笑风生的样子。事实上，赵前只是重复了在上海火车站和他第一次见面时的那句话，这里是上海。陈开来照样问，上海怎么了？于是赵前接话：上海不好混，你要当心。然后，赵前就替陈开来拍下了他在萧瑟的一九四一年冬天的纪念。

苏门的车子也就是在这个时候开进院子的。和她一起来的是影佐将军。他们从梅机关出来，需要一起去找李默群主任。此时，李默群带着毕忠良等几个处长已经笔挺地站在办公楼的门口了。透过车窗，苏门看到了陈开来，陈开来迅速地上前拍了一张照片。没想到后面一辆车的车门打开，崔恩熙突然从车上跳下，一脚就把他踹翻在地。陈开来躺在冰凉的地面上，觉得胸口火辣辣地痛，好像所有的内脏都被一根火柴划亮了。阳光刺眼，照耀着不远处一堵围墙上残留的积雪。一只麻雀在积雪上旁若无人地停停走走。太阳一圈又一圈的光晕从天空像一串气球一样抛下来。他十分模糊地看到崔恩熙伸出了一只手。崔恩熙的表情冷若冰霜，她的手指头勾了勾，意思是把照相机给她。

陈开来却躺在地上扶起相机，直接就拍下了一张崔恩熙向他勾动手指的照片。愤怒的崔恩熙提起脚，又将要踢出一脚的时候，车窗玻璃缓缓地落了下来，苏门还是那句话，让他走。

苏门说完，车窗又合上了。

陈开来呆呆地望着车队像一条长蛇一样，从"天下为公"的巨大牌匾下面穿过。有很长一段时间，陈开来不愿离去，事实上他特别想再听一次苏门的那一句，让他走。

赵前的一只手搭上了他的肩头，这才让他从怅然若失中回过神来。赵前说，走吧。赵前用他心爱的别克车送陈开来回照相馆，一路上两个人一句话也没说，车子里却有温暖的气氛。赵前打开了车窗，叼起一支烟说，要不要来一支？陈开来想了想说，给你个面子。于是，陈开来头一次用赵前的自动打火机点着了烟。他学赵前的样子，把烟喷向了车窗外。赵前就笑了，再次重复了一句：上海不好混，你要当心。陈开来想了想，说了一句上海话：赤那。

当车子停在照相馆门口的时候，屋顶上，最后一蓬残雪飘然而下。正抱着三弦昏昏欲睡的杜黄桥笑了，说，小姨娘，今天晚上你要多炒几个菜。油豆腐炖肉、冬笋大蒜炒肉丝、荸荠炒咸白菜，给我新收的徒弟接风。杨小仙听到"接风"，飞快地出现在了澡堂门口，她果然看到了从别克车上下来的陈开来。她的眼圈瞬间就红了，说，你还少报了一样，你少报了扬州炒饭。那是我顶拿手的手艺。

这天的下午，苏门作为梅机关少将机关长影佐祯照先生的朋友，汪精卫政府中央机关财政部秘书长兼派驻上海的督察大员，在76号特工总部李默群主任的办公室里听影佐和李默群谈话。这中间当然涉及几天前畏罪自杀的俞应祥，这不由得让李默群一声叹息，痛心疾首地说，他要那么多钱干什么？人生在世，一张嘴，一间房。要那么多钱花得完吗？带得走吗？

苏门突然说，我查到俞应祥一家十二口全部到了香港，这中间还包括他新娶的二太太，俞家人都叫她二妈。你们有没有觉得奇怪，这样的安排，难道是俞应祥知道自己随时可能会死？

这有什么好奇怪的？李默群说，兵荒马乱的，我们谁都随时可能会死。

那么为什么未经我的同意，你们擅自把他的尸体在宝兴殡仪馆火化了？苏门盯着李默群说。

那是家属的意思，他们不愿看到亲人陈尸太多日脚，贪腐自杀毕竟是上不了台面的事。

苏门把目光移向了楼下的院子。院子里有一缕风从几个打球的日本兵身上跑过。更远处，两名特工牵着一条狼狗，正在登上一辆三轮摩托车。隐隐约约地，传来刑讯室的皮鞭声和哀号声。苏门没有回头，她的目光抬了起来，仿佛看到天空下的整座上海城，宏阔而破败，繁华而千疮百孔。然后，李默群正在向影佐诉说的话丝丝缕缕地传进了她的耳膜……

苏门听到了李默群最后的话，他对影佐十分动情地说，特工总部的活儿不好干，哪一个不是提着脑袋在上班？我也是。我们特别行动处的毕忠良，遇到了好几次刺杀，他老婆刘兰芝嚷着让他别干了。

影佐仿佛有些不高兴了，他大着嗓门对李默群说，李主任，你这是想要辞职吗？是对汪主席不满意，还是对大东亚共荣不满意，还是对我梅机关不满意？

这时候，苏门的目光从窗外收了回来，她转过身，说，我对你们的谈话一点儿也没有兴趣，但是却很迷恋影佐先生昨天让人专门送来的清酒。

李默群舒缓地端起杯子喝了一会儿茶，这个从共产党阵营叛变过来的老特务特别清楚，越是被人逼急的时候越是需要从容和缓慢。所以，当他十分稳妥地用杯盖将自己的茶杯盖住，并且平稳地放在桌面上后，才慢条斯理地抬起目光，向影佐露出一个讨好的笑容。

这个茶香弥漫的午后，苏门一直在玩她的手指甲。崔恩熙就站在李默群办公室的门口，像一棵冬春时节的树。她的耳廓在轻轻地颤动着，依稀听到李默群在说，幸好他已经向代号"清道夫"的特工下达了实施清道行动的命令，需要首先摧毁军统上海区的电讯网络。这也是日本派遣军向汪精卫政府提出的要求，具体任务落实到了76号特工总部。时间，十天。所以既叫"清道行动"，也叫"十天行动"。而影佐则用生硬的中文告诉李默群，梅机关得到的情报显示，中共一个叫"戴安娜"的交通线负责人已经浮出水面，军统一个叫"财神"的特工也被重庆唤醒。

苏门说，这上海城的特工怎么跟牛毛一样多！

李默群笑了，说，谁都不容易。不就是为了混一口饭吃吗？

那天黄昏，李默群向直属行动大队和特别行动处下达了指令，密查中共特工"戴安娜"和军统特工"财神"，同时秘密向"清道夫"下达指令，"清道行动"的完成不得超过规定时限。

为陈开来设的接风晚餐是在照相馆的二楼吃的，杨小仙掌的勺。专门请了假而没去舞厅的金宝把仙乐舞厅的莎莎也叫来了，说，这是我爱如深海、情比金坚的结义姐妹。那天，在举杯的时候，杜黄桥多少有些兴奋。杨小仙就紧靠着陈开来坐着，不停地往陈开来碗里搛油豆腐。她看出来陈开来喜欢吃扬州炒饭。陈开来自己也说，这才是硬饭。他喜欢吃硬饭。除了扬州炒饭以外，杨小仙知道，陈开来喜欢吃的就是油豆腐。

　　莎莎是个比梁山好汉还豪爽的女人。她不停地喝酒，划拳，酒喝多了就在桌上趴着，不停地哭。

　　她是浙江嵊县人，这个县里出了一批会唱越剧的人，都到上海谋生活了。她说，苍广连这个天杀的答应过她的，以后会养她的爹娘，她这才跟了苍广连。苍广连给她租了个房子，打开门的那一刹那，她觉得自己一脚踏进了另一种生活，她告诉自己，这种事体是不能后悔的，但泪水还是不由自主地流了下来。她用袖口擦了一把眼泪说，广连，我既然跟了你，那你要有良心的。

　　杜黄桥听到莎莎说的这些，不由得笑笑。他扶了扶戴着的那副墨镜，原来那只断掉的镜脚用胶带绑了起来，看上去很是突兀。杜黄桥说，我会算命的，如果苍广连今年没有意外，那就可以活到八十九。以后行走江湖，一定要防备名字中有"树"的人。金宝则说，她必须在三个月内成为米高梅的跳舞皇后，要不然怎么对得起"杭州美女"这个称号？然后，大家仍然反复地举杯，说陈开来能够从76号出来，那简直可以说是回到人间。

陈开来很长地叹了口气，然后不由自主地笑了，说，其实也没什么，估计是证据不足，他们只好把我放了。

杜黄桥望着陈开来的脸突然反问，这群王八蛋，就算他们杀人了，难道需要证据？

于是又有人在倒酒了，有人在暗中观察着，有人在装醉，杂乱的声音让陈开来觉得内心十分不安定。就在这样的嘈杂声中，陈开来的脑海中浮现出杜黄桥使用的那把三弦的一根新弦。陈开来想，如果杜黄桥真的杀了汉奸俞应祥，那么杜黄桥的身份只能是军统。连条狗都知道，军统飓风队一直在上海执行着戴老板下达的锄奸任务。

那天，杨小仙看到杜黄桥嘴边挂着的一片绿色的大蒜，皱起了眉头说，真脏。杜黄桥大约没有听到，他不时地把头埋进酒碗里吃酒，装作不经意地看看陈开来。而陈开来则陷入深长的沉思中，他觉得今天这顿酒足饭饱之后，或许又有新的搏杀随时会来了。于是，他又给自己倒了一碗酒。陈开来已经喝了很多的酒，他觉得自己肚皮里装了一澡堂子的水。

　　杜黄桥已经喝得趴在了桌上，金宝还在摇头晃脑地喝着，莎莎已经哭累了，现在安静地蜷缩在金宝的怀里，仿佛是一对一起长大的好姐妹。小姨娘杨小仙早已离席，她是看上去最正常的人。

　　陈开来站起身来，揉揉发麻酸胀的腿，摇摇晃晃地离开了众人。推开暗房的门时，酒劲涌了上来，在他疲倦的眼里，房子都摇晃了起来。他站在暗房的中央，看了一眼台子上放着的洗出了却还没有放到橱窗里的断桥照片，眼前似乎有李木胜的影子闪了一下，随即咕咚一声倒了下去。

7

日本陆军部借远东株式会社的名义，要在上海举办一场看似民间组织的马赛，庆祝"大东亚共荣"，并且得到了"上海特别市政府"的批准。马赛的主办方派人骑着脚踏车来大大小小各家照相馆发通知。那是陈开来酒醒的第二天中午，他懵里懵懂地打开照相馆的门，先是看到了一缕让人眼睛痛的太阳光，然后他看到了一对男女来发传单和遮阳帽，说是要共荣了，所有照相馆都需要派一个人参加，作为马赛义务的拍照人员，都需要把照片放到橱窗里展示。那天，陈开来把自己之前洗出的那张断桥照片十分郑重地摆放在橱窗里。他觉得自己等待被人唤醒的这一刻，正式开始了。这让他有了一个奇怪的感觉，他突然觉得自己的人生变得那么不可捉摸，变幻不定，像一只随时都会被风吹走的风筝。他坐在柜台里，抚摸着那顶马赛组委会发下来的遮阳帽。在后来的漫长时光里，他自作主张地在这顶帽子上专心地画着断桥的图案。上海大照相馆不多，王开照相馆、沪江照相馆、耀华照相馆、宝记照相馆……而在这样的时局下，大都会照相馆等照相馆已经内迁到重庆去了，倒是雨后春笋般冒出来一些小照相馆，万一接头人找不到他怎么办？

陈开来戴着那顶帽子，坐在照相馆门口残破的阴影下，安静得像一个老人。他在等待一个谜团一样的人，这种等待的日子让他充满了新鲜感。然后他看到澡堂的门口，杨小仙像一根春天的胡葱，穿着绿色的衣衫，朝他浅笑了一下，说，昨天酒吃多了吧？

陈开来把帽檐往下压了压，挡住了眼睛。他说，干杯！

上海赛马场终于在第三天迎来了一场谄媚的"中日友谊赛"，除了几匹无精打采的陪跑马，主角就是中方的蒙古马棕毛"神骏"对阵日本的东洋大马白毛"效忠"。这场比赛的结局其实没有任何悬念，连赌马押注处的赔率都低得让人昏昏欲睡。按照大赛的背后操盘手影佐将军的意思，今天的噱头其实是中日友好形象大使苏门小姐将在开赛仪式上亲自骑着"神骏"绕场一圈，展示中日亲善。换句话说，今天马场的人山人海不是来看马的，是来看人的，甚至各路间谍、势力都鱼龙混杂地暗伏其中。

那天，李默群接受了影佐的任务，76号特工总部要全力以赴做好安保工作，哪怕一枚钉子都绝不允许被带进场内。

　　冯少也有一匹黑色皮毛的"银元"，就在陪跑马中。冯少其实挺爱这匹瘦马的，他觉得金宝是他钟情的人，所以就给马取了"银元"的名字。冯少选了一个甲等的看台，手中捧着一束花，十分认真地对金宝说，今天能陪跑的马，都是开了后门的，就算输了都有面子。金宝冷笑了一声，她正吃着一个海宁洋行生产的美女牌冰激凌，似乎这让她的语气也十分冰冷。金宝说，寻个死也要找日本人开后门是吧？

　　现在的陈开来，就混在人堆里。他头上戴着那顶画着断桥图案的遮阳帽，胸前挂着徕卡照相机，大摇大摆地穿行在人群中。主办方远东株式会社为照相师们准备了视野最好的拍摄地点，可以俯瞰全场，陈开来在自己的座位上坐下，然后就端起了照相机，一直用镜头搜索着各种脸，试图从茫茫人海中窥探出说不定会来接头的人。在陈开来的视线里，仿佛又出现了一片辽阔而湛蓝的大海，海面上波光闪闪，陈开来希望能在这样的海面上寻找到那个神秘的人。

　　在镜头缓慢的转动中，陈开来看到贵宾区里，一个手拿望远镜的女人正在向这边张望。陈开来觉得是在看着自己，这是一种油然而生的直觉。镜头里，两人四目而视，陈开来隐隐觉得这个女人有点儿眼熟。终于，他看到女人起身朝自己款款走来，挟带着这个冬天的风。终于，他看清了，她撑着的一把阳伞上，是苏堤春晓的图案。这时候，陈开来手心有点儿出汗，心开始慌张地加速跳动起来。他在心里这样说，李木胜，你要找的人出现了。

这时，随着热浪般的欢呼声，陈开来又一下子认出，跑道上那个穿着骑士装，英姿飒爽地骑在"神骏"上频频挥手的居然就是苏门。她的脸上难得盛开了笑容，像一朵开放得不紧不慢的大丽花。然后，马背一耸一耸地前行着，这让陈开来一直盯着她的背影，拍下了几张照片。所有的人，都在他的眼睛里消失了。

再回神的时候，那个撑着阳伞的女人不见了。陈开来的眼神四下扫描，也就是一晃眼间，女人已经到了跟前。陈开来十分直接地望着这个女人，看着她站在阳伞底下，像一朵雨后的蘑菇，安静、干净，而且随风轻微地摇曳。突然，陈开来想起，她就是小时候和自己一起想要解开照相机秘密的沈克希姐姐。沈克希是他的远房表姐，住在诸暨县斯宅村的一个大户人家家里。那天，陈开来去她家做客，院子里挤满了人，两个小孩钻进罩在照相机上面的巨大幕布里，就有了黑暗中隐秘的童年对话。陈开来记得，沈克希的嘴一张一合，嘴张开的时候，可以借着淡淡的光看到她有一粒小虎牙。

这里面装得下那么多人吗？陈开来这样问。

这里面装得下全世界的漂亮。沈克希笃定地说。

什么是全世界的漂亮？

我也不知道，反正是很多很多的漂亮。

陈开来还记得，那天他偷偷跟着那个照相师，走村串户地看他为大户人家煞有介事地拍照。他热爱着照相师指挥众人排队拍全家福的场面，热烈而认真，甚至带着些许的虔诚。陈开来跟着照相师一共出走了三天，跟着照相师住在乡村的旅馆里。沈家人突然找不到陈开来这个小客人了，急得去镇上的警察所报了警。在第三天傍晚，陈开来被照相师送回家中。陈开来清楚地记得，那是一个有着血红颜色的黄昏，院落、晾衣竿、一棵桂花树，以及马头墙、蛋子路，都沉浸在夕阳的一片血红中。照相师血红色的身影，挺拔地站在那架同样血红色的照相机边上，看上去像两个静止的人。那一刻，陈开来差点儿掉下眼泪，他觉得这个照相师在他眼里差不多就是神仙派来的。站在斯宅村沈家的大院落前，照相师反背着双手，十分认真地对沈克希的爷爷说，你家这个小客人，以后一定会成为一名照相师。众人面面相觑时，照相师又补了一句，要么成为精神病人。

陈开来从记忆中回过神来。从眼神看，沈克希仿佛也认出了他，但沈克希还是不动声色地问他：你的照相机是美国货吧？

不，德国货。

听说现在已经有彩色相机了。

我的是黑白的。在我的世界里，白就是白，黑就是黑。

陈开来想起了李木胜笔记本上的接头暗号。他长长地吁了口气，突然觉得，一向瞧不上眼的李木胜，原来背地里有着这样精彩的世界。

竟然对上了，沈克希对他会心一笑，说，想不到会是你。

陈开来想起了当初杜黄桥在仙浴来澡堂说过的话：人生何处不相逢。

嘈杂的人声里，陈开来抬起头望着赛马场上方蓝色的天空，他开始密集地想念一个叫李木胜的人，他是老光棍，也是照相馆老板，还是陈开来怎么都不肯承认的师父。

马场是突然开始混乱的，不知道为什么，原本在起跑线候赛的马匹们在"神骏"经过时，竟不听使唤地开始追逐起来，亢奋异常，纷纷向苏门靠近，马背上的骑手眼看离苏门越来越近，这让大家觉得十分奇怪。专为苏门配备的保镖从四面八方向着苏门狂奔，就在苏门打算跳下马背的刹那，已经追赶上来的"银元"竟然连人带马仿佛被绳子牵绊一样，栽头倒下，连带着后面的"神骏"等马匹也纷纷倒地。场地上顿时乱成一片，苏门也同时栽倒在地。冯少惊恐地向赛场跑来，他晓得，要是他的"银元"导致苏门受伤，那自己差不多就是活到头了。

来自各个照相馆的所有照相机镜头都对准了现场，这恰恰给了沈克希和陈开来接头的时间。沈克希的话中表达了三层意思：一、"断桥"同志，我是"苏堤"，我就是那个奉命唤醒你的人，合作那么多年，想不到我们还是远房亲戚；二、你提供的线索很重要，延安方面也通过特殊渠道证实了日本的这个"沉睡计划"；三、这次让你醒来，除了拿到"沉睡计划"，还有一个重要任务是争取区洋教授，作为区洋曾经的相识，而且有过数次通信记录的朋友，你是最好的人选。

陈开来听着沈克希传达的指令，视线却被"第十七个人"吸引了。开赛前，陈开来一直通过照相机镜头观察着场内的情形，整个赛场自从苏门出场后，前后左右的进出口就分别被四名保镖控制着，加起来保镖人数一共是十六名。现在苏门出事，统一着装的保镖全部向场内狂奔，但奇怪的是，为什么从左后方突然出现了另一名穿着一样服装的保镖，而他脚上的皮鞋却跟其他保镖的不一样？

苏门的贴身保镖崔恩熙像一支箭一样射向苏门，她踢开几名骑手，麻利地将苏门从马群里拉了起来。所幸苏门并无大碍，也万幸骑手中间没有杀手，否则后果不堪设想。这个时候，借调过来正在外围帮忙的76号总务处后勤科科长赵前，在倒地的"银元"前发现了一根钢琴线，很显然，正是这根事先埋在赛道上的钢琴线在"银元"跑过时，被突然拉起，绊倒了"银元"。那么，只有在赛道上维持秩序的工人才有这个机会。只是，绊倒苏门的意图是什么？为什么最有机会下手的骑手中间并没有刺杀者？

那么，杀手在保镖中！正是那个埋下钢琴线的工作人员。捧着照相机疾奔过来的陈开来，远远地看着这边乱糟糟的一团。他已经恍然大悟，所以他一直奔向的就是苏门。而赵前也在这时反应过来，他发现了假保镖。在执勤现场，苍广连已经梳理出端倪，所有的乱象都是为了刺杀苏门。如果苏门能在马赛中意外死亡的话，就再好不过了。她对76号特工总部的督查，包括她也许会继续的对俞应祥幕后交易的调查也就戛然而止。他带着数名特工向这边奔跑，却指挥着手下人向四处散开，说是严防刺客。

他的心里和赵前一样清楚，刺客其实就在那乱成一堆的骑手或保镖中。

就在陈开来扑倒了刚刚起身的苏门时，那名假保镖发射了他的卡簧管钢珠手枪，钢珠擦破了陈开来手臂的皮肤。苏门受惊，被陈开来死死压在身下，而接连有几名保镖，已经被卡簧管钢珠枪射中。此时，赵前拦腰抱摔了假保镖，但假保镖在倒地的同时将钢珠射向了自己的口中。

赵前在凌乱的人群里慌乱地搜寻着苏门。苏门不仅仅是现场需要保护的要员，对于赵前来说，更代表一段恍如昨日的青春。多年前，同在燕京大学就读的两人成了恋人，他们还是燕京校园里，乃至整个高校联盟里的探戈传奇。

警哨声越来越急促地响起，整个马场被赶来的军警控制，甚至日军宪兵司令部也派出几卡车的宪兵像铁桶一样把整个马场围了起来。沈克希仍然站在看台上，站在那把"苏堤春晓"的阳伞下，远远地望着乱成一团的跑道。整个场面被控制起来，这让他觉得极为不利，于是匆匆地闪进了人群，并迅速向门口撤离。赵前没有看到沈克希，他看到的是那名杀手已经死去，而数名保镖也没有被马场医生救下来。陈开来压在苏门的身上，被崔恩熙一把拉起时，整张脸都紫了。原来那钢珠弹沾过毒。陈开来勉强地对苏门笑了一下，抬起已经很难抬起的厚重的眼皮说，想拍你几张照片都那么难。随即，陈开来头一歪，昏死过去。赵前忙叫来几名小特工，把他抬出了马场，扔上一辆车直奔仁济医院。同他一起被送往医院的，还有几名重伤的保镖。

半个钟头以后，仁济医院急救室，苏门带着崔恩熙出现在医生的面前。医生告诉苏门，救治并无胜算，但是需要马上输血。经历战乱，此时的医院血库并没有存血，需要随验随输。崔恩熙伸出手臂的时候，被苏门挡住了，她黯然地伸出瘦白的胳膊，第一个让医生验血型，在对上了血型后迅速地为陈开来输了血。当她摁着一小团棉花压在输血针孔上时，突然想，是什么样的天意让自己的血流到了陈开来的身上？看着昏迷的陈开来，苏门突然想起陈开来中毒昏过去前的最后一句话，想拍你几张照片都那么难。苏门带着崔恩熙离去了，在车上久久无语。崔恩熙问，需不需要每天让医生汇报病情？苏门说，不用！

他脸皮厚，死不了。苏门又补了一句，你在一天之内给我查清，那些马为什么在马场发疯了。

接着是漫长的无话。昏黄的灯光一一向后掠去，一前一后两辆保镖车紧紧相随，这让苏门觉得，自己的命也许在保镖们的疏忽间就能被人像摘一根黄瓜一样轻易地摘走。

8

病房门口的走廊上，只剩下一个戴墨镜的人，他是杜黄桥。惨白的灯光下，那条空旷而漫长的走廊上只有他沉重的脚步声不急不缓地响起。他拖着一条差不多像一根木头一样毫无知觉的右腿，一摇一晃径自走到了急救室的门口，像一尊雕塑一样等着医生的出现。一会儿，门吱呀开了，他迎向那名被吓了一跳的医生。杜黄桥用沙哑而沉静的声音问，他还有救吗？

医生看了看四周说，你是他家属吗？

杜黄桥加重了语气说，我问你他还有救吗？！

医生无奈地说，生死未卜。

杜黄桥说，那你们家有几口人？

医生想了想说，为什么要告诉你？你是谁？

杜黄桥再次加重了语气说，我问的是你们家有几口人！

医生有些退缩了，他觉得面前这个没有表情的人，阴冷而可怕。他的两手都插在口袋里，不知道能掏出什么来。医生最后说，五口人。

杜黄桥皱了一下眉头，开始从口袋里往外掏手枪子弹，一边掏一边数：一、二、三、四、五，你要是救不活他，你们全家都不用活了。

医生的脸随即就白了，说，我已经尽全力了，你不能这样威胁救死扶伤的医生。

杜黄桥说，救活他才能算救死扶伤，不然不能算。我只看结果，不看你尽不尽全力。

最后杜黄桥摘掉了墨镜，努力地眨巴着那双肿得只剩下一条缝的眼睛说，最后警告你一次！我没有威胁你，是枪在威胁你。

陈开来第二天清晨就醒来了。醒来后，他就一直望着窗口涌进来的光线发呆。他在梳理着昨天发生的一切，那简直就像是一场梦，如果运气不好，在这样的梦里就有可能永远都醒不过来。于是，他无声地对李木胜说，昨天要不是我代替了你，那个苏门就有可能死了。因为你远没有我机灵，你让我替你到上海，算得真是够精明。就在这样想着的时候，他远远听到走廊上传来金宝的声音。金宝的嗓门很大，她说，我看陈开来躲在医院里是懒惰病发了吧。

陈开来把头转向病房门口的时候，看到了旋风一样的金宝刚好奔到了病房门口，映入陈开来眼帘的是金宝一惊一乍的脸。看到陈开来已经醒来，她的脸上随即露出了油菜花一样的笑容。金宝的身后跟着冯少，冯少手里一如既往地捧着一束花。那束花被金宝一把夺过，塞到了陈开来的怀里说，你要记好，必须万寿无疆。那天，金宝打开了一个铝饭盒，里面装了满满一盒的馄饨。就在病房里，她不仅自己欢快地吃起了馄饨，还欢快地喂起了陈开来。冯少就站在门口，一脚在门里，一脚在门外，尴尬地看着金宝给陈开来喂馄饨。陈开来笑了，说，冯少你饿吗？你也过来吃一点儿。

冯少答应着向前迈步的时候，金宝随即打断了陈开来的话，说，他怎么会饿？他一天到晚啥也不干，只会捧一束花，怎么会饿？

冯少果然就讪笑着，收住迈出去的脚说，我确实不饿，我……我……我已经不会饿了。

陈开来听到冯少这样说，就斜了金宝一眼说，这是给气饱的。

那天，金宝告诉陈开来，射中你的那是卡簧枪，也叫钢珠枪，是一种简易的枪械，一根小钢管而已，但近距离有杀伤力，而且便于携带，可以伪装成雨伞，或者钢笔，或者别的什么。陈开来说，你知道得真多啊。金宝说，都是从友立公司的《侦探》杂志上看来的，我顶喜欢的就是程小青写的《霍桑探案》。看到陈开来没有什么反应，金宝想了想，补了一句说，我这样的人，是很爱文学的。

那天离开病房之前，金宝说，杜黄桥这个人真奇怪，他让我问你饿不饿。我要怎么告诉他？

陈开来想了想说，你告诉他，饿。

金宝说，那他是什么意思？

陈开来说，他想知道我身体恢复得快不快，越饿就说明恢复得越快。

金宝恍然大悟，没想到这个瞎眼佬那么狡猾的。

果然，陈开来身上的毒性被快速除去，医生的建议是再观察观察，再过几天就可以出院了。

陈开来从梦中醒来的时候，看到了病床边坐着的杜黄桥。在梦中，他再一次看到了蓝色的大海，海面上波光闪闪，有一个人就在海面上大步地向前走着。那个人偶尔地回了一下头，朝他很深地看了一眼，可以看清楚他身上的血以及他明亮的眼睛。他走得越来越远，直到消失在海平面上，然后，海潮的声音就汹涌地灌进了他的耳朵。陈开来就此醒来，看到杜黄桥像一截木头一样一言不发地坐在床边。杜黄桥看到陈开来已经醒来，无声地笑了，说，出院！

　　这是一次没有办理出院手续的出院。杜黄桥带着陈开来离开了，他把他背在身上，从楼梯一路往下走，沿途一个人也没碰到。这是杜黄桥早已选定的一条路，走得熟门熟路。陈开来觉得奇怪，杜黄桥一个瞎子，怎么会畅通无阻？于是他问，你看得清前面的路吗？

　　那些眼睛没毛病的，不也有好多都是睁眼瞎？

　　医生说我还需要再过几天才能出院。

　　医生的话你不能全信，也不能不信。现在你要相信你师父。

　　谁是我师父？教我拍照片的吗？

　　我是你师父。教你在上海滩立足的本事。

　　这一天，杜黄桥把陈开来扔进了他从祥生汽车公司租来的车里，车子直奔仙浴来澡堂。在澡堂的特别间里，杜黄桥请人生起了巨大的炭炉，一阵一阵的热浪把陈开来烤得全身是汗，最后虚脱地沉沉睡去。在他睡意深沉的那段时光里，赵前正在另一个特别间的皮沙发上躺着抽烟。马场发生的那场刺杀，又在他面对的天花板上像电影一样放映了。凌乱的场面里，满头大汗的赵前心中放不下身处险境的苏门，陈开来奋勇的一扑，让他不是十分明白。一个照相师不怕死的动力来自哪儿？一连抽了三支烟以后，他

077

听到隐约的三弦声响了起来，那一定是杜黄桥坐在他那把半新不旧的椅子上，开始他的营生了。赵前懒洋洋地从沙发上起来，穿戴整齐后，他叼上一支烟，打开了特别间的门，从一长溜正在修脚的人身边摇摇摆摆地走过，再从杜黄桥的身边走过。他仿佛还听到了杜黄桥的一声干笑，按照惯例，他把一支555牌香烟塞进了杜黄桥的嘴里，并且用那只气派的MYON-1937勉牌自动打火机给他点着了。

赵前走出澡堂的时候，在澡堂门口伸了一个懒腰。他无所事事的目光落在隔壁的陈开来照相馆的招牌上，然后他晃荡着走到了橱窗前，看见了橱窗里的那张断桥的照片。他的脑袋里略微有一丝的空白，后来他的目光从照片上扯了回来，对柜台里的金宝说，老板呢？

金宝白了他一眼，撇了撇嘴说，我不像老板吗？

就在这时候，虚弱的陈开来晃晃悠悠地从澡堂向这边走了过来，看上去像是踩着一地的棉花。金宝随即从柜台里出来，走到陈开来身边一把扶住了他，说，你怎么回来了？

陈开来说，我不回来，是想让照相馆关门吗？

赵前这时看着弱不禁风的陈开来笑了，说，姓陈的，你命真大。

陈开来也笑了，他盯着赵前一字一顿地说，老子福大命大，接下来你看好了，就是我飞黄腾达的日子。

这时候，三弦的声音再次清晰地从澡堂那边传来，杜黄桥正在唱的评弹是《十美图》。讲什么知恩图报真君子，我只要纱帽红袍富贵荣，怎管他人命送终，我只有文华台前去密告，斩草除根我要抢头功……

9

陈开来鸡零狗碎的日子又开始了。他喜欢向杨小仙借用澡堂的特别间，或者在照相馆二楼那一小片空旷的地方支起桌子和杜黄桥吃酒。许多时候，杨小仙和金宝也会一起喝两盅。杨小仙总是嫌三弦师傅杜黄桥太脏，说，你能不能把自己打理得干净一些？你能不能像陈开来一样？当然，陈开来其实是喜欢听杨小仙唱姚水娟的越剧《西施浣纱》的。听戏的时候，他仿佛就能看到一个叫西施的姑娘，在战国时期的阳光下若隐若现地穿过一片竹林或者一条小溪的样子。冯少已经托杨小仙说了无数回亲，想娶金宝当家主婆。金宝说，跟他结婚做什么？给他当家主婆？听到这话，杜黄桥总是一脸坏笑，说，你难道还想当他娘？金宝曾经建议杨小仙在澡堂收竹筹的时候顺带着卖花。她皱着眉头说，冯少送的嘎许多花，多少浪费啊。花有什么用？又不能当饭吃当酒喝当烟抽，不如直接送钞票好了。钞票有了，什么不能买到？杨小仙撮合她和冯少的次数多了，自己都有些烦了。金宝也觉得烦，说，要嫁你嫁给他好了。

这些鸡零狗碎的时光，陈开来过得并不踏实，他在等待沈克希的再次出现。他无数次对自己说，现在你是李木胜，李木胜在等待着沈克希。沈克希一直没有来，这就让陈开来的日子显得无比地漫长。

在苏门窗明几净的办公室里，崔恩熙正在向她报告，陈开来被人接走了。而且赛马场事件的原因已查明，"神骏"的身上被涂抹了母马发情时的黏液，只要"神骏"经过，其他马匹就会嗅到气味而追逐它。而这种蓄意造成的混乱，主要的目的就是在混乱中用钢珠射杀苏门。

我知道是重庆的人想让我死。苏门望着窗外一大片夕阳说，我现在还舍不得死。

沈克希是在旧历的新年后，所有零星的爆竹声都消失以后，才踩着这个冬天的尾巴进入陈开来照相馆的。一直等她站到了陈开来的面前，解下几乎围了半张脸的围巾时，陈开来才认出这是"苏堤"。在此之前，沈克希已经在照相馆橱窗上看到了那张断桥的照片。她微笑着站在陈开来的面前，露出一颗小虎牙。原来，沈克希在这个冬天走了很多照相馆，在没有发现断桥照片的情况下，她撑着画着苏堤春晓的阳伞出现在人员密集的马场，是希望撞个运气，说不定能接上头。自从上次在马场奔突，情急之下离开危险之地后，她按照陈开来说的地址，找到了这家照相馆。现在，在镜头前，陈开来十分正式地为她拍下了一张照片。坐在镜头前的一张红木骨牌凳上，沈克希说，还记得小时候的话吗？

记得。那时候我们说的是什么是全世界的漂亮。

沈克希又笑了，说，我现在明白了，全世界的漂亮是和平。

那天，沈克希的心情无比美好，她显得从容而淡定，和小姑娘时黄豆芽一样的样子完全不同了。她让陈开来待命，并且严肃批评了他那天在马场救苏门并且受伤的危险行为，然后，她系上了围巾。她逗留的时间不长，在她和她的灰色大衣一起消失在照相馆的门口之前，她告诉陈开来，她需要尽快联络小组其他成员，然后统一部署行动计划。

沈克希在一张纸上写下了字：渔阳里31号。她把字条在陈开来面前晃了晃，随即将字条烧了，说，你明天来找我。

那天，杜黄桥摸索着进入陈开来锁着门的暗房时，陈开来刚好洗出偷拍的苏门的照片。杜黄桥开亮了暗房里那盏昏黄的灯，然后当着陈开来的面，三下五除二就拆了一把手枪。他又让陈开来看好时间，十秒钟内必须把手枪装好。他说，你能行的，你连怀表都能装起来，装一把枪算什么？

那是一把勃朗宁M1910，号称花口撸子，一共能装六发九毫米的子弹，一斤二两重。杜黄桥问陈开来，你跟我学怎样？

陈开来十分严肃地说，你先告诉我，你是姓蒋的，还是姓共的？

你不用管，你只管跟我学。

我猜你是姓蒋的。你是不是杀了俞应祥？我听说俞应祥死前一个礼拜，他一家老少全都到了香港。

我说了，你不用管。你只管跟我学！

陈开来说，我为什么要学这个？我是照相师！

照相能当饭吃？兵荒马乱的时候，枪才是饭。你要学的还有很多，你以后要经常来澡堂洗澡。我有事要交代。

我为什么要听你的？

听我的有命活，你在医院时，那条命就是我给的！

那天，杜黄桥粗浅地教会了陈开来开枪、跟踪和密码识别。陈开来学得很快，他突然意识到，杜黄桥应该还会开锁，不然他怎么会像一缕空气一样进入暗房？杜黄桥那天把枪插回自己的腰间时说，这个国家，需要我们去拯救。

我拍拍照片就行了，我拯救不了这个国家。

杜黄桥望着陈开来，好久以后才说，你真没志气。拍照片能当饭吃？我同你讲，一辈子不拍照都没有关系。

那天半夜，杜黄桥把陈开来拖到照相馆二楼的角落，在那盏白炽灯下喝酒。杜黄桥仍然在向陈开来讲述着关于拯救国家的道理。杜黄桥喝下一盅酒，突然说，冯少送金宝回来了。

陈开来说，你怎么晓得的？

杜黄桥说，我听见一男一女的脚步声，男的穿皮鞋，女的穿高跟鞋。男的走路鞋有些拖地，女的高跟鞋走路不稳。一定是一对狗男女。陈开来望着杜黄桥说，你这算是在教我吗？

杜黄桥说，当然，一日为师，终身为父。

果然，杜黄桥和陈开来都听到了楼下金宝拍门的声音。她嘟哝着说自己今天生日，她十分迫切地想吃馄饨。当她再次举起手掌拍下的时候，门打开了，陈开来站在门口，盯了扶着她的冯少一眼，一把就把她扛在了肩上。陈开来扛着她上楼，说，你一年有三百六十五个生日。金宝大吃一惊说，你连这个也晓得？我一看就晓得你是个聪明的人。陈开来扛着她走楼梯的时候，金宝的高跟鞋掉了。在后来的记忆里，金宝仍能清晰地记得她嚷着鞋掉了。金宝还说，杭州城竹竿巷里那个算命的海半仙说过，我五行缺东，你的陈里面有一个东字，所以你就是我的人。

五行有东吗？

五行难道就不能有东吗？

陈开来终于上了二楼，他把金宝扔在她房间里的床上，又给她盖上了被子。然后，他将金宝的高跟鞋从楼梯上拎进她的房间，扔在床前。杜黄桥眯着眼睛，意味深长地看着陈开来做这些。金宝仿佛已经睡了过去，她打呼的声音渐渐响了起来。陈开来推开杜黄桥说，让这个女人睡吧。

杜黄桥说，她看上你了。

陈开来说，你怎么晓得的？

杜黄桥说，她说了五行缺东。

这时，冯少的声音从照相馆门口传了上来，冯少说，她睡下了吗？

陈开来和杜黄桥就对视了一眼，皱皱眉头都摇了摇头。冯少的声音再次传了上来，陈开来你赶紧给她的门锁上。你可以回你自己屋里厢休息了。

陈开来和杜黄桥再次对视了一眼。陈开来突然冲到二楼的窗边，对着楼下的冯少大吼一声，你要是再跟我啰唆半句，我马上就钻进金宝的被窝！

　　冯少愣了很长的时间，他回过神来以后，捧着那束没有送出的花，十分委顿地走远了。

10

崔恩熙是在第二天下午带走陈开来的。杜黄桥难得没有弹三弦，他把自己安排在澡堂门口那张半新不旧的骨牌凳上晒太阳。他看到陈开来胸前挂着照相机从照相馆出来，上了一辆黑色的轿车。在关上车门之前，陈开来朝杜黄桥深深地看了一眼。杜黄桥笑了，轻声说，记住，命不是自己能定的。

在之前的上午十点钟光景，苏门让崔恩熙陪她去静安寺附近的鸿翔时装公司定做了一件缎面旗袍、一件呢绒旗袍，以及两件男式衬衫。此外，她定做了一条百草裙，上面有各种植物的样子。苏门知道，当选电影皇后的胡蝶在这家店定做过百蝶裙，一百只蝴蝶在她身上热烈地起舞，惊艳了全上海。苏门定男式衬衣是因为她在家的很多时候，喜欢穿着宽大的男式衬衫当家居服。

崔恩熙说，价钿很贵。

苏门就说，有便宜的好货吗？

苏门和崔恩熙从鸿翔时装公司出来以后，直接去了梅机关。影佐将军十分高兴地接待了她。然后，影佐将军陪同苏门一起前往特工总部，李默群带着苏门进入了专门为她蹲点而准备的办公室。影佐脸上盛开着日本式的笑容，十分轻松地告诉李默群，从今天开始的每一秒钟，如果苏门的安全有闪失，那么76号的人员差不多将全部受到株连。苏门发现，她椅子的位置，正好是在窗前射进来的一小束光线中，而窗台上的一盆兰花，绿得让人发慌。

影佐将军在内心深处，特别支持苏门带着她的人马进驻76号。日本陆军司令部每月拨款给76号三十万元运营经费，这钱不能花得不明不白。

影佐和李默群离开苏门办公室后没多久，陈开来就被崔恩熙带到了苏门的面前。这是陈开来受伤中毒后，苏门头一次见他。苏门说，坐！

陈开来就在苏门对面坐了下来。苏门站起身，走到陈开来的面前，直视着陈开来的眼睛。苏门说，你可以来76号上班。这儿的薪水比你开照相馆好多了。

陈开来说，我不想来。

苏门告诉他，你必须来！

让我来是为你拍照吗？

不是，是为了保障我的安全。

苏门说完，转身坐回到她的椅子上。她看了崔恩熙一眼，崔恩熙随即从腰间拔出一支手枪，亮在了陈开来面前。崔恩熙说，你看清楚。崔恩熙说完，随即把一支枪拆得七零八落，然后又迅速把那支枪重新组装了起来，快得让人眼花缭乱。她说，看清了吗？

陈开来紧紧盯着桌面上的手枪，仿佛是要用目光将那支枪熔化。他紧盯着枪，说，看清了。崔恩熙举起右手腕，盯着手表说，开始！陈开来一拍桌子，那把枪弹跳起来。陈开来接住的同时，已经开始拆枪，再重新装上。陈开来竟然只用了八秒钟。

崔恩熙有些惊讶，谁教你的？

天生我材必有用。陈开来笑着看了一眼苏门。苏门点了点头说，你的脑子越敏捷，我越需要你。

可是我并不需要你。

你没有资格跟我说这样的话，你只有两个选择，死去或服从！

你身边有那么厉害的保镖了，为什么还要我来当你的跟班？

苏门告诉他，因为你是我的福星。

陈开来笑了，他说，我那家本来会在一年之内就名扬上海滩，并且财源广进的陈开来照相馆怎么办？

苏门不响。崔恩熙把手枪插在了陈开来的腰上，拍了拍他的腰说，姓陈的，你不用再啰唆了。走！

那天，陈开来大摇大摆地离开了特工总部。在离开苏门的办公室前，他把一只纸盒放在了一只矮柜上，说，小小意思不成敬意。然后，他走向那条离开的路，一步步穿越了操场。操场上照例有几个日本兵在打篮球，他们连正眼都没有瞧他。倒是陈开来站在那儿，像一个称职的观众一样，一直看着他们打篮球。有好几次，他还替他们把滚出场外的球踢了回去。当然，更多的时间里，他站在操场上，像一棵萧瑟的水杉。

那天在办公室，苏门打开了盒子，她笑了一下。隔着窗玻璃往下看，可以看到陈开来在认真地观看日本人练球。

第二天开始，崔恩熙就对陈开来做了短暂的培训。陈开来的进步非常快，这让崔恩熙觉得，可能陈开来天生就是干这一行的。那天在靶场，陈开来看到崔恩熙双枪齐发，她打的竟然是用线吊着的麻将牌。而且她不打麻将牌，她打的是线。在散手训练的时候，陈开来一个大背摔摔翻崔恩熙的时候，崔恩熙迅速用双腿绞住了陈开来的脖子，将他重重地甩了出去。随即她又扑上前，将陈开来的喉咙猛地锁住，说，如果现在你的敌人不是我，你已经死了。

陈开来说，如果不是你把我弄到这里来，我为什么会死？

崔恩熙说，你现在要学会的，只是服从！

陈开来说，你为什么要让我在苏门身边？你的身手足够好了，我根本不可能超过你。

崔恩熙冷冷地看了陈开来一眼说，我是个随时都需要去为苏长官死的人。如果我死了，你要作为我的替补。

然后，崔恩熙一个勾脚，陈开来被狠狠地摔在了地面上。鼻青脸肿的陈开来心底里悲鸣了一声，就那么长久地四肢摊开躺在冰凉而坚硬的地上。他觉得自己整个人似乎都被摔成了碎片。

那天夜里，杜黄桥让杨小仙去饭馆叫了几个小菜，让他们送上门来。杜黄桥在澡堂打烊后把陈开来从照相馆拖出来，叫来一起吃酒。这几天，杜黄桥白晃晃的眼神里，是陈开来三天两头往76号跑。所以在三杯酒下肚以后，他抹了一下嘴巴上的酒水说，很好，你可以多关注那边的动向，要及时向我报告。

杜黄桥找了一个特别间，开着了水汀，在涌动的热浪里，杜黄桥不仅给陈开来上了跌打损伤的药，还给陈开来狠狠地松了一回骨。有那么一刻，杜黄桥说话的语气像对自己的儿子一样。杜黄桥手下用力，说，你这点儿小伤小痛算什么！咱们不怕。陈开来把头埋在皮沙发里，很长一段时间里他一句话也不说。他想起已经死去的父亲，早年抱着生病发烫的少年陈开来冲向医馆时的情景。父亲看到郎中的几根银针扎进了儿子的身体时，他整个人终于像一头耕坏了犁的老牛一样累瘫在地上。

这天晚上，喝得醉醺醺的金宝从米高梅舞厅收工，瘦弱的冯少叫了一辆车子把她送了回来，并且背她下了车。金宝又喝得烂醉，她的双手就环在冯少颈上，手中拎着的正是那双高跟鞋。金宝气壮山河地吐了冯少一身，冯少就在那难闻的气味里跑前跑后，把金宝扶上了二楼，在床上安顿下来。金宝还在说着胡话，她大概是在想念她的奶奶，所以她不停地说，奶奶，我和银宝你完全可以放心的呀。陈开来刚好从澡堂回到照相馆，他就像一个影子一样一言不发地看着冯少匆忙地从照相馆里出来。冯少最后不忘把那束道具一样的花放在照相馆的门口。他正在叫黄包车离开的时候，陈开来闪身挡在了他的面前。

陈开来说，她都醉成这样了，你还不下手。你这是在等什么？等下酒菜吗？

冯少突然惊讶地盯着陈开来说，你怎么好这样说的！要是那样做，不就是乘人之危吗？

陈开来说，那我问你，你喜欢她什么？喜欢她会跳舞吗?

冯少想了很久以后说,她让我觉得舒服。接着他又说,你想,她连我爱吃馄饨都记得很清楚。

陈开来冷笑一声,说,那是她自己喜欢吃馄饨。她只会骗你。

冯少显然生气了,他十分愤怒地用尖细的嗓门吼了一嘴,我不管。接着冯少又十分坚决地说,我不准你这样说她。

陈开来拍拍冯少的肩说,老兄,你受得了她,那你是真有耐心、信心和雄心。

冯少不满地白了陈开来一眼,听她讲,你是她的表兄弟。你作为表兄弟怎么好这样落井下石地说她的?

陈开来冷笑一声,咬着牙说,我是他表爹!

11

李默群站在办公室的窗前，窗外下着绵密的冬雨。大雪早已融化了，这一场冬雨反而平添了许多寒意。李默群的脖子深埋在大衣里，他望着窗外的雨阵，仿佛是要把雨阵的尽头全部望穿。苍广连站在他的身边，就在刚才，李默群告诉苍广连，总部得到了"清道夫"的线报，让苍广连去围捕一名中共地下工作者。这名中共分子一直在上海城区活动，而"清道夫"的一名外围联络员掌握了他的行踪，并把这个情报传递给了"清道夫"。

苍广连对"清道夫"的大名耳闻已久，对其掌握国共两党地下战线的情报感到讶异。他甚至觉得，这个神秘而又卓有功勋的"清道夫"是一个躲藏在人间角落里的鬼魅。后来，两个人都没有说话，李默群就对着窗口抽烟，从苍广连的角度望过去，那堆烟不停地飘向绵密的雨阵，让人觉得似是有一种吸力，把人一寸一寸地吸向一个梦境。

在李默群抽了三支烟以后，围捕正式开始了，行动目标李默群只让苍广连一个人知道。那天，李默群在窗台上掐灭了烟蒂，转过身对苍广连苍白地笑了一下说，开始吧。这时，他看到了苍广连脸上一道很深的血痕，问，怎么回事？

苍广连捂住了那条血痕说，被猫抓了一下。

李默群仔细地看了看血痕，笑了，说，你家的猫爪子长得真宽。

这天，李默群让赵前派出总务处后勤科的人一起协助围捕，是因为特别行动处毕忠良那儿腾不出人手。而因为要拍现场照片，胸前挂着照相机的陈开来也参加了行动。在登上那辆篷布车的时候，赵前走过去自然而然地用右手搂着他的肩膀说，第一次行动，不用怕，任务出多了就习惯了。

陈开来说，你觉得我怕了吗？

赵前说，上海不好混，你要当心。

车子在细密的雨阵里无声地前行，像一条潜行的鱼。苍广连坐在第一辆车的副驾驶座上，不停地抽着烟。昨天晚上，朱大黑同他吵了一架，还十分用力地在他脸上挠了一把，把他挠花了脸。朱大黑的意思是，你为什么就不能把我娶进家门去？苍广连十分愤怒地说，娶进去你不怕被母老虎给撕碎吗？

车子在雨中无声潜行，终于在延平路上老苏州旗袍行不远的街道上停下。陈开来用塑料纸为镜头挡雨，在他潮湿的目光中，所有人都像是倾倒的一堆煤一样，从篷布车上被倒了下来。他们在水汽氤氲的雨阵中快速前行和包抄。陈开来的目光始终盯着老苏州旗袍行的门，他屏住呼吸，紧张地等待第一声枪响灌进他的耳朵。叼着烟的赵前向雨中吐出了一个烟蒂，陈开来分明看到那个烟蒂冒着红色的光，匆匆跌进了一片水洼中。然后赵前的身子一拐，偷偷跑到了旗袍行后门的一条弄堂。每一秒钟，赵前都感到时间走得无比缓慢，直至清脆响亮的声音短促地响起，赵前知道是对上了火。

后门终于被打开了，像春天里一阵胡乱的风一样，冲出一个受了伤的女人。她的左肩上有一大片的血洇出来，湿透了衣服。她右手握着一把手枪，沉着而又快步地向前，不时地往后开出几枪。而几个特务也胡乱地滚动着冲出了后门，就在赵前要指引女人往旁边的一条小弄堂逃走的时候，苍广连已经向这边赶来，连开数枪并且大喊，赵公子你截住她！

枪声又密集地响起时，赵前迅速地扑倒了女人。他觉得，如果不扑倒她，她身上必定会多出几个枪眼。赵前的心里像打翻了五味瓶，伏在这个女人身上时，觉得所有的时光都从身边匆匆地掠过了。他完全没有想到，刚才扑身救下的竟是他多年未见的妻子沈克希。他们还没有并肩作战，就面临着死亡的威胁。在凌乱的脚步向这边奔来之前，他能感觉到沈克希在他身下因为枪伤与寒冷而不停地颤抖。她像一只在漫天飞雪的树枝上越冬的鸟。

你能挺住吗？赵前轻声问，他能感觉到雨水就在沈克希的身下不停地流淌，像要灌进她的身体。

我怕挺不住，我怕痛，你晓得的，一向都怕。你能不能给我补一枪。

赵前说，我下不去手。我想办法救你。

在陈开来的镜头里，许多人迈着凌乱的脚步蜂拥而上，所有的手枪都对准了地上的赵前和女人。这时候，赵前的手慢慢伸过去，抓住女人手腕，温柔地卸下了她手中的枪。然后，赵前站起了身。立即有两个特务给沈克希的手腕戴上了手铐，并把她提了起来。沈克希很深地望了赵前一眼，赵前随即露出了微笑，说，我同你讲，上海不好混！

苍广连匆匆地跑了过来。他看了一眼已经戴上手铐的沈克希，用手枪枪管抬起了沈克希的下巴，又看了看赵前说，赵公子，你立功了，可惜漏了一条鱼。沈克希被押上了车，陈开来看到，沈克希的后背全湿了，有泥污的痕迹。她的头发上也有泥污，杂草一样蓬乱，特别是肩部中弹后的那一片血污，像一摊陈旧的往事一样让陈开来触目惊心。

漏掉的那条鱼，其实就是苏门。苏门按照在《申报》上刊登广告的既定方式，向她的下线"苏堤"沈克希下达了接头指令。化装出行的苏门在老苏州旗袍行里装作顾客。隔着密密的雨帘，她远远地就看到了"苏堤"身后的尾巴，于是她迅速撑起了那把宽大的雨伞，匆匆撤离。就在她走后没多久，在不远的拐角处坐进一辆车里的时候，被冲向旗袍行的苍广连看到了她扭过头去时的侧影。

刑讯室里，苍广连平静地坐在一张桌子前抽烟。沈克希已经被鞭子抽得支离破碎，她整个人被铁链子拴在一根巨大的木柱上，头低垂着，像一只被晒瘪的茄子。陈开来胸前挂着照相机，看到苍广连掐灭了一支烟，站起身来走到沈克希的面前。苍广连两手插在裤袋里，轻声说，还是说了吧，不说会很痛的。

苍广连伸出手，托起沈克希的下巴。沈克希的头被抬了起来，透过凌乱的头发，沈克希看到了站在灯光下的陈开来。沈克希的嘴里，不由得涌出一缕血来，她看着苍广连，虚弱地说，你杀了我。

苍广连哑然失笑，说，那不是便宜你了吗？

沈克希突然放大了声音，向苍广连吐过去一口血，愤然大喊道，你杀了我！

苍广连不恼，他用袖口认真而耐心地擦起了自己脸上的血，他甚至用手指头沾了一点儿血放进嘴里尝了尝，然后深深地皱起了眉头说，这血比白酒还烈啊。

那天，苍广连像一个敬业的石匠，拿起两枚长长的铁钉，用榔头钉穿了沈克希的脚掌，直接钉进了地里。陈开来这一生都不会忘记沈克希号叫的声音，凄惨得像来自地狱。她终于痛晕了过去，头垂下来，头发像一丛水草一样挂了下来。后来，苍广连不满地对陈开来说，让你拍下的是她最痛苦的瞬间，而不是让你像个傻鸟一样一动不动地站着。你懂艺术吗？

陈开来说，我被她吓坏了，她简直不是人啊！

苍广连点点头说，共产党人差不多都是这样，不是肉做的，是铁打的。

陈开来那天是跟着苍广连一起离开刑讯室的。在长长的走廊上行走，空旷之中久久回响着他的脚步声。陈开来把这条不长的走廊走得无比漫长，他在想，只要沈克希张张嘴供出自己，她自己就能完全解脱，她的脚掌也用不着被钉进地里。但是沈克希连眼梢都没有望过自己一眼，这让陈开来觉得，自己有义务救出沈克希。他觉得，他必须成为真正的李木胜，李木胜所有未完成的任务，都将是自己的任务。

　　走到走廊的尽头，迈出铁门的时候，所有的光线整齐地落在了陈开来的身上。天还未放晴，甚至还飘着阴郁的细雨，但是陈开来站在那堆白光里觉得豁然开朗。陈开来想，共产党员究竟是一种什么样的生物？竟然可以有铁打一样的意志。

　　夜晚来临。陈开来又接到了任务，让他跟着赵前去一个地方拍照。去什么地方，赵前没有说，赵前只是点起了一根烟，望着渐渐深沉起来的夜色说，你不能问。

12

在不能问的李默群家私人舞厅角落的沙发上，赵前戴着埃及法老的面具，像毫无生机的面条一样瘫软着。因为他的腿长，所以他坐着的时候，身子努力地往后仰着，并且把腿伸直，一只脚的脚踝压在另一只脚的脚踝上，交错的皮鞋黑亮得能照见人的影子。留声机里正在播放着舞曲，看上去赵前的样子孤独而忧伤，甚至有点儿落魄。只要他抬头，就能看到窗外路灯光下梦境一样飘忽的雨。

坐在不远处角落里的李默群也没有上舞场。他是一个四十多岁的中年人，差不多每天都活在缜密的心思中。现在他就坐在金丝绒窗帘的下方，显得隐蔽与安全，而且目光可以瞬间搜索到整个舞场。特别行动处处长毕忠良带着太太刘兰芝在跳舞。拎着一瓶格瓦斯走来走去的行动处一队队长陈深，不时举起手和人打招呼。二队队长唐山海这个小开，戴着一个孙悟空面具，跟那些请来的小明星跳得火热。那个叫柳美娜的管档案的女人一边和宪兵小队长涩谷跳着舞，一边把湿漉漉的目光不时地掠过唐山海的身影。尚风堂特务科科长荒木惟在和他眼里的红人陈山交头接耳。76号电讯处处长李寻烟和沪西宪兵队长清水，还有他钟爱的女人钟小陌坐在一起喝酒……接着，李默群的目光落在了一个女人的身上。这个女人身材颀长，戴着一个白狐面具，刚好罩住了她的半张脸。她如同冬天丛林中缓慢的水流，在人群中温润而从容地穿梭。

李默群最后把目光落在了陈开来的身上，这个其貌不扬的照相师，搞不懂苏门为什么那么器重他。李默群连一句话也不愿同他多讲，他觉得这是一个脑子不太灵光的人。他倒是觉得，赵前像一摊烂泥一样瘫在沙发上，这个喜欢喝酒抽烟的男人，今天有一种掩饰不住的焦虑感。他在焦虑什么？

赵前把架在脑门上的埃及法老面具往下拉了拉，仿佛要睡着的样子。他的内心有如翻江倒海。怎么都不会想到，分别多年的妻子，再次见面竟然是以这样戏剧性的方式，惨烈，痛彻心扉。那个被他亲手抓住的共党就是他的妻子沈克希。四年前，日军还没有攻进上海，他、沈克希和照相师李木胜组成了"西湖三景小组"，代号分别为"雷峰塔""苏堤""断桥"。三人曾经在上海谍报战线上硕果累累，后来由于内部出了叛徒，未曾谋面的"断桥"紧急离开上海蛰伏，不知去向。妻子沈克希去苏联接受培训，自己则奉命打入76号特工总部潜伏下来。

赵前依稀看到一个戴着白狐面具的女人走了过来。她走到赵前身边停下，两只手撑着沙发的扶手，叼着一根烟俯下身和赵前对火。赵前能闻到她棉花一样的气息，她穿着一件紧身的白色上装，胸前缀着一枚"箭"图案的银饰。女人笑了一下，露出一排白牙，说，你应该绅士一些。

赵前懒洋洋地掏出那只MYON-1937勉牌自动打火机，在燃起的指甲大小的温软火苗中，赵前看到了女人戴着的戒指，戒面上是一个"D"字。赵前在火光中瞄了一下那只戒指：戒指不错，哪儿买的？

女人抬起手来，用嘴吹了一下那枚戒指说，找银匠自己打的，这么好的戒指买不到。

哪儿的银匠？

西边的。

赵前突然无语了，他不时地按亮手中打火机升腾起来的那股黄色小火苗。他觉得他应该有一分钟的时光来平静一下，因为他万万没想到，这个突然出现，并在这最危险也最安全的舞场与他接头的女人竟然就是"戴安娜"。

这个女人就是苏门。

苏门轻声告诉赵前，组织决定不惜一切代价营救沈克希。在抽完一支烟的时候，"戴安娜"邀请赵前跳个探戈，赵前像是和沙发生长在一起似的，不愿意起身。苏门微笑，并且耐心地等待着。赵前说，沈克希的两只脚掌现在被钉在了地上。她的脚没有恢复，不能跳舞一天，我就不跳舞一天。

你很爱她吗？

是。

有多爱她？

不知道。

苏门几乎没有做太多的停留，就叼着烟离开了赵前。她不愿让自己的身影在李默群阴恻恻的目光中在赵前身边停留太久。看到苏门向这边走来，陈开来像是等待了很久，他收起照相机，挡在苏门的面前说，苏小姐，我想请你跳舞。

苏门感到万分意外，她冷冷地看着陈开来说，你会跳舞吗？

没有人天生会跳舞。

苏门摸了一下陈开来的脑门说，没发烧怎么也会说胡话？

陈开来笑了，那没天理的日本人还打进中国来了呢。

苏门看了看左右，说，你得小心说话。让开！

陈开来闪到一边，苏门从他面前像一阵风一样刮过。

然后陈开来看到影佐将军迎向苏门，他矮小而精干的身躯同苏门一起跳起舞来。陈开来重新打开了胸前挂着的徕卡照相机，十分专心地为苏门拍下了许多照片。接着，陈开来开始跳舞，他不会跳舞，没有章法，他就一个人在舞池里笨拙地旋转，而且一直转在苏门的身边。

那天晚上，舞会结束得很晚。李默群家门口钉子一样站了许多宪兵和特务。跳舞的人们陆续从李默群家里出来。苍广连和陈开来都是搭赵前的车，苍广连坐在副驾驶座上，望着前面的路灯说，有件事我想同你说，在老苏州旗袍行抓捕那名女共党的时候，我看到附近一辆车上好像坐着苏督察。

赵前的车子在平稳地前行，他笑了一下，说，不可能啊。她一个督察大员，不可能一个人出来。你肯定看错了。

苍广连沉吟了一下，说，你说得也是。但真的长得太像了。接着苍广连又说，你晓得的，那天漏了一条鱼。你说巧不巧？

赵前笑了，说，你在怀疑苏督察？

苍广连说，也不是怀疑，就是觉得有点儿蹊跷。如果车里坐着的真是苏督察，那她为什么要去延平路一带？

赵前斜了苍广连一眼说，她可以去上海任何地方。

陈开来在照相馆的门口下了车，刚好看到冯少送金宝回来。金宝掏出钥匙开着照相馆的门锁，有很长的时间，喝得醉醺醺的金宝连钥匙都没能插进锁孔。赵前的车子已经开走了，照相馆前一片宁静，只有昏黄的路灯亮着。春天已然在逼近上海城的每个角落。陈开来举起相机，拍下了这样一幅画面：金宝的背影。她正在开照相馆的门锁。她的身子歪斜着，看得出是酒喝多的样子。瘦小的冯少笔直地站在一边，手中照例捧着一束花。当然，顶主要的是照相馆，以及笼罩着照相馆的那盏路灯昏黄的灯光。那团黄亮而温暖的光，让陈开来对于人生百感交集。

那天，陈开来对着金宝喊，喂，你教我跳舞。

金宝开锁的动作停止了，她转过身来，索性将身子靠在了门板上，对着陈开来口齿不清地说，那你要付铜钿的。

你要那么多钱干什么？钱能当饭吃啊？

金宝笑了。看上去，她重新烫了一个头，穿着一件绣凤旗袍。金宝风情万种地说，那你说，钱不能当饭吃吗？老娘我认钱不认人。

新祥是在第二天早晨来上工的。陈开来打开照相馆的门时，看到门口站着一个拎着一只巨大旅行袋的人。他穿着青色的褂子，在这寒冷天气里仍然将袖口卷了起来，看

106

上去很麻利。他理着短发，身材敦实，如同一棵壮实的矮脖子树。新祥就这样站在光线里，看着陈开来说，我叫新祥。

新祥是金宝叫来的伙计。陈开来需要经常去76号拍照，金宝不愿意每天白天照料照相馆的生意，他们急需一个伙计，其实是学徒。所以金宝自作主张地招聘了一个照相师。陈开来故意对着光线里的新祥大声说，新祥是谁？和冯少的风格不一样啊。

这时候，金宝已经下楼，走到了陈开来的身边。她把身子倚在已经打开的门上，屈起一条腿，她旗袍的开衩处就绽放出一片白光。她的左右手轻微地抱着自己的身子，懒洋洋的样子，像极了一只猫。

金宝说，新祥是新来的照相师，跟你学照相，人便宜，还听话。

陈开来仍然大声地说，便宜有好货吗？

金宝把目光瞟向对面的屋顶，懒洋洋地说，你是好货吗？听说你都成我表爹了。

陈开来说，你看，你看，冯少这人就爱背后传嘴，不是好东西。

金宝和陈开来都侧过了身子，陈开来对新祥说，还不进来？于是，新祥拎着他那巨大的旅行袋，走进了照相馆。他热情地告诉陈开来，自己是在三川照相馆工作过的，觉得师父技术不太好，就跳槽过来了。新祥说，我又不笨的，在那种地方，拍照片拍到九十九岁也不可能出人头地的。

陈开来斜着眼睛看他，说，这儿也出不了头。再说你能活到九十九岁吗？

新祥愣了一下，有些尴尬的样子，对陈开来很恭敬地叫了一声"师父"。

陈开来说，我不是你师父。我是你老板。

这时候，懒洋洋的金宝走进了柜台，她麻利地点了一支烟，睡眼惺忪地吸了一口，又猛地吹出那口烟说，放屁，老板是我。

13

　　杜黄桥已经热衷于在澡堂里给陈开来松骨，每次都是无比仔细。那些时候，他会像个慈祥的父亲，三番五次地对陈开来说，我同你讲，拍照没什么用，那不是技术，那是技能。另外，在上海混，跟对人顶重要了，我会让你知道这一点的。

　　杜黄桥喋喋不休，一根一根地抽烟，最终把自己埋进了三炮台的烟雾里。陈开来在宽大的长凳上趴着身子，感觉身上落满了烟灰，他看见澡堂里水雾和烟雾互相纠缠，软绵绵地升腾起来，心里在想的却是被捕的沈克希。沈克希双脚溃烂并且严重感染，据说被扔在刑讯室里生死未卜。

　　苍广连最近在做什么缺德事？杜黄桥说，76号里发生的，你要同我讲的。

　　他抓了个女共产党。快给折磨死了。这算不算缺德？

　　杜黄桥把墨镜给摘了，很长时间摸着那条胶带捆绑起来的镜腿，然后突发奇想般地说，人能救出来吗？

　　陈开来翻过身子笑了。抓起那包绘有三英战吕布图案

109

的三炮台烟盒，他觉得杜黄桥肯定是香烟抽得太多，把自己脑袋给抽糊涂了。

别这么小看我，别忘了我以前是营长。杜黄桥说。

陈开来把嘴给闭上了，却隐隐在思考，这个曾经在南京保卫战溃退下来的国军营长，怎么会想到要去救沈克希？难道，他也有可能是中共的地下工作者？

苏门也在考虑如何营救沈克希。在她反复推敲的计划中，直接前往76号救人根本没有胜算。最有把握的只有一种，就是沈克希昏厥过去，并确定是命悬一线之际，才能逼着李默群送她去医院抢救。

这样的机会，果真就出现在了第二天的夜里。

那天，李默群来到刑讯室，知道审讯依旧没有结果后，十分懊恼。苍广连就决定再来一招狠的，他要给沈克希一颗一颗地拔牙。

提着一把尖嘴的老虎钳，苍广连微微地笑着，没怎么花力气就把沈克希的嘴给撬开了。

先来哪一颗？苍广连说，你还是自己选吧。

挣扎过后的沈克希显然极度透支，她含着那把老虎钳，眼皮耷拉着，突然就停止了呼吸。苍广连根本没当一回事，抬手又扇了她一个嘴巴，沈克希的脑袋于是完全垂落了下来。

她会不会死了？李默群问。

苍广连蒙了，像是被李默群的话吓到了，这才开始着急，心想，自己好不容易捕了一条大鱼，难道就要功亏一篑？

那天，仁济医院的急救车还算来得及时，在将沈克希抬上急救车之前，苍广连对着担架破口大骂，要么死得干脆，要么赶紧醒来。

苍广连实在是烦透了。

这天，陈开来在夜里十点左右，提上照相机跟着苏门去了仁济医院。苏门最近公务非常繁忙，特别是白天，所以去医院病房慰问赛马场里那些受伤的护卫者，被她一推再推，最终延迟到了这一天的晚上。她把陈开来给叫上，是因为需要拍几张慰问现场的照片，第二天就要见报。

可是等苏门他们到了医院，现场已经乱成一锅粥。陈开来看见，就在沈克希被推向急诊室的时候，走廊里有一群病人家属正在闹事，他们一个个叫嚣着要把医院给砸了。正在急救的是一个临产的孕妇，因为医生用错了药，孕妇现在大出血，那血在身下流成一条河。护士一把推开急救室的门，探出头来急促地叫喊着，大人和小孩，选哪个?

苍广连后来也没怎么想明白,就这么一个乱糟糟的黑夜,他只是去医院门口买了两只牛肉馅的葱油饼,沈克希到底是怎么离开医院的?

在空荡荡的急诊室门口,苍广连听见随从凑上前来小心翼翼地告诉他,犯人沈克希是被那群假装闹事的家属给接走的,用的还是苏督察的车子。苍广连愣了一下,把吃了一半的葱油饼随手给扔了,擦一把油光光的嘴巴,走到苏门身边时,还未来得及开口就被扇了一个巴掌。苏门说,我的司机被人挟持,你的犯人也被人抢走,这一切,都是因为你这两个价值连城的葱油饼。

苍广连斜着脑袋,大致明白了到底是怎么回事情,紧接着,又听见苏门说,擅离职守者,按律可以枪毙。

陈开来后来听说,仁济医院的一号和二号急诊室,里头是互通的,所以当愤怒的产妇家属决定要转院时,他们冲进去后直接闯进了沈克希所在的那个急诊室。一瞬间,在场的医生和护士就全都被制伏,他们被捆绑在一起,嘴里塞满了毛巾。而那个假装大出血的产妇,则混在人群中,扔掉塞在肚子上的一个枕头,麻利地抬着沈克希一起逃了出去。

苏门当然是看清楚的,被抬走的人不是孕妇。她只是有点儿纳闷，怎么自己安排好的人还没来得及动手，沈克希就已经被偷梁换柱地送了出去。

那天，苍广连垂头丧气地给李默群主任打了个电话，请求封锁上海的各个路口，追查一辆被劫持的黑色福特小车。但在电话那头，失望的李默群却一个字也没说，直接把话筒给搁下了。

苍广连哪里会知道，远处生意兴隆的仙浴来澡堂里，杜黄桥正在特别间里弹着一个人的三弦。杜黄桥刚才吃了不少酒，看上去有些微醺的样子，就在一曲《春江花月夜》终了的时候，门被推开了，丁阿旺踩着那些尾音冲了进来。

事成了？杜黄桥说。

成了！丁阿旺扯下一把假胡子，露出原来的一张脸，他说，人在另外一个特别间里，再不抢救，可能就来不及了。

手脚这么快，杜黄桥想，竟然比预计的时间还早了一刻钟。

丁阿旺很随意地笑了。的确，从仁济医院到仙浴来澡堂，这次行动总共只花了四十七分钟。在医院门口，他是用随身携带的修脚刀挟持了等候在那里的苏门的司机，等到车子接近澡堂时，才将他给做掉了。

14

深夜的澡堂无比安静，能够听见水龙头没有关严而使得水珠滴落的声音。从医院回来的陈开来简直无法相信，就在俞应祥死去的那个特别间里，躺在床板上的竟然是刚刚失踪的沈克希。这时，杜黄桥居然成了熟练的外科医生，他抱出一捆急救包以及酒精、药棉、碘酒、镊子、手术刀等，异常迅速地给沈克希的伤口清创消炎。杜黄桥摘了墨镜，眼睛都没眨一下，锋利的刀片就割去了沈克希腿脚上那些腐烂的皮肉。杜黄桥的刀口深入浅出时，陈开来依稀可见沈克希白花花的骨头。

等到这一切忙完，杜黄桥才将一支美国生产的珍贵无比的盘尼西林注射进沈克希的皮下。这让大吃一惊的陈开来佩服得一塌糊涂。杜黄桥是从哪儿弄来了这种比金子还贵的药？

陈开来给沈克希盖上一床棉被，又替终于感觉到疲倦的杜黄桥点了一根烟。杜黄桥靠墙坐着，依旧不动声色，努力把所有的烟都吸进肚里去，好像舍不得让它们飞走一缕。最后，他有些疲惫地对陈开来说，别这样看着我，我同你讲过的，我以前是营长。

陈开来依旧盯着他，很久以后才起身道，我只是有点奇怪，你是不是换了一双眼睛？

杜黄桥猛地被抽了半口的烟给呛到，咳嗽了好几声。

我是凭感觉的。不过这跟拍照片一样，不是技术，只是技能。

陈开来于是笑了，笑得很开心。他觉得，只要沈克希能被救活，杜黄桥现在说什么他都愿意相信。

你更应该相信，我以后永远都是你师父。杜黄桥说，在上海，跟对一个师父太重要了。

得知沈克希被劫走，赵前第一时间赶到医院。他见到苏门竖起风衣的领子，站在深夜的一阵风里。苏门身边站着两个护卫的特工，在陪她等候重新安排过来的车子。当着特工的面，赵前想了想，说，苏督察要是不介意，我可以送你回去。

苏门冷冷地看了一眼赵前，内心的愠怒似乎还远未消退。上车时，她又呵斥了一句，替我告诉李默群主任，今天苍广连这事，必须处置。

车子开出一段路程后，赵前开始慢慢减速。苏门于是将车窗摇下，换了一种声音说，人是你安排接走的吧？

赵前顿时愣住了，他原本以为，这一切都是苏门策划的杰作。

车厢里一下子安静得出奇，苏门能够听见赵前的呼吸声，还是那么熟悉。但她顾不上想这些，只是觉得，事情突然变得很奇特。出现在医院里的那帮家属既然和赵前无关，那么他们到底是谁？

赵前沉默着。望向车窗外的夜色时，在缓缓吐出的烟雾里，有一层厚重的忧虑开始爬上他的额头。

苏门盯着他的背影，过了很久，翻来覆去想出的还是只有那么一句：你放心，她应该不会有事。

赵前把车停了下来，低头时说话声音很轻。他说，其实我只是有点担心她那双脚，我怕她以后会下不了地。

苏门的眼圈一下子就红了。就像许多年前，她曾经执意要去巴黎时，心中最怕的也是赵前嘴里说出的"担心"两个字。

这一晚，苏门陷入了无眠。作为"西湖三景小组"的上线，苏门之前曾经交代过组长沈克希，由她来负责联系并且唤醒小组中的"断桥"。但现在由于沈克希的失踪，苏门意识到，自己与"断桥"之间的联系被切断了。

这一年，上海的雪融化得有点快。在杜黄桥的精心护理下，沈克希渐渐恢复了元气。在一段绵长的睡梦中，沈克希依稀看见一场细密的雨，苍茫而且遥远，摇摇摆摆地飘洒在斯宅。在那座被当地人称为"千柱屋"的巨大又恢宏的老宅里，八个四合院串联起了四十六个天井，其中的立柱星罗棋布。在开满油菜花的春天，沈克希曾经和一个挂着清水鼻涕的男孩一起，手牵手数那些木柱子，一直数了三天。最后，男孩立在铺满青苔的天井里，头顶着空蒙的雨丝，指向那排木柱说，姐姐，这是第九百九十九根，这是一千根……

沈克希就是在萦绕耳际的"姐姐"的回音中睁开眼帘的，思绪从回忆中回来。现在她见到的，恰是昔日的男孩陈开来。

这是在哪里？沈克希笑得很浅，声音有点虚弱。

陈开来给她盖好被子，正要回答时，看见杜黄桥撩开布帘走了进来。杜黄桥说，在哪里并不重要，重要的是你现在很安全。

那天接下去的时光里，杨小仙点起四处飘逸的香薰。在特别提神的香气中，杜黄桥抓起一把细密的银针，十分小心地开始给沈克希展开了一场针灸。

阳光攀爬上了特别间的气窗，气窗风扇缓慢转动的光线中，沈克希的脸色渐渐红润起来。她听见杜黄桥轻声细语地说，你不用着急，只要康复了，我会送你离开上海。

沈克希看了一眼杜黄桥，又听见他说，我知道一条秘密的交通线，可以去苏南，直接通往延安。

沈克希的身子在扎进一根银针后抖了一下，她盯着杜黄桥隐没在烟雾中的脸，似乎想要寻找出什么来。然后她又看了一眼陈开来，说，你们是不是搞错了？我为什么要离开上海？

因为你已经暴露了。杜黄桥说。

76号把我想复杂了。沈克希扭头，笑着说，反对汪精卫夫妇，连我老家的父亲都有这样的念头，可是我和延安没有半点关系。

陈开来一句话也没有说。他当然不会知道，沈克希当初接到的密令是，"西湖三景小组"只接受"戴安娜"的联络和指挥，除了成员和上下线之间，她不得向任何人透露一丁点儿信息。而沈克希现在已经看出，一声不吭的陈开来显然没有把自己和他曾经接头的信息告诉过杜黄桥，那么，她现在能够选择的，唯有沉默。

那天夜里，杨小仙锁上仙浴来澡堂的门时，给了陈开来一条围巾，她说，上海的风跟刀子一样，能够割开男人的脖子。杨小仙一直诅咒上海的风大，她好像对陈开来格外关心，这让杜黄桥有点儿不服气。杜黄桥说，我也是男人，怎么我的脖子就不需要围巾？

陈开来有点儿得意，说，小姨娘以后每年过生日，我都给她拍照片，免费。你又能干啥？

杜黄桥抓了把头皮，突然吼出一句，我能娶了她！

那天，陈开来和杜黄桥聊得很晚，他说，没有想到，杜黄桥脑子里还会有延安的交通线。难道你是姓共的？杜黄桥就问他，姓共的怎么了？难道你更倾向重庆？

好多道理你不懂，我是过来人。杜黄桥说，国军已经软弱腐败透顶，南京城是怎么在唐生智的手里丢失的，这点我比你更清楚。

陈开来盯着杜黄桥的一双眼，觉得自己有必要单独去找一次沈克希。

那天夜里，金宝又拎着一双高跟鞋，满身酒气地从米高梅舞厅回来。陈开来将她扶进房里，金宝盯着他脖子上那条围巾，醉眼迷离地说，为什么小姨娘对你这么好？其实我也想送你一条围巾。

倒头便睡的金宝随即说了一通梦话。陈开来拎起她的高跟鞋，想要替她摆放在床前的时候，心里咯噔了一下。

陈开来回澡堂时已经是第二天的凌晨，他跟沈克希说了自己的想法，接下去的任务，可以寻求杜黄桥的帮助，但是沈克希当场就阻止了。沈克希的理由是，杜黄桥如何知道她和延安有关系？哪怕这是出于直觉判断，而且假定杜黄桥是自己人，按照组织纪律，杜黄桥也不应该急于亮明身份，并且承诺送她去延安。

我有一种直觉，沈克希说，这里不像杜黄桥说的那样安全。恰恰相反，其实可能很不安全。

15

一个礼拜后的那个下午，跟往常没有什么区别。慵懒的阳光打在杜黄桥的脸上，他抱着钟爱的三弦，如同一个饱经风霜的民间艺人。在仙浴来澡堂门口，杜黄桥向晃荡进来的赵前要了一根烟抽。他说，赵公子，好久不见。

赵前委婉地笑了，盯着杜黄桥的墨镜，说，你个瞎眼当真见到我了吗？

陈开来正在隔壁照相馆的暗房里洗照片，灯光红得如同一团血，他忽然感觉后背发凉。在那堆刚刚晾晒出的赛马场的照片中，其中一张的影像渐渐清晰，陈开来分明见到了属于杜黄桥的那张脸。没错，是杜黄桥，可是他一个瞎子，怎么就喜欢上了赛马，而且似乎盯着跑道很是入迷？

这时候正是下午两点，澡堂方向突然传来一阵震耳欲聋的枪声。

枪声响起时，顺着照相馆二楼的窗格缝隙，陈开来看见仙浴来澡堂已经被一大帮76号的特务团团围住，而领头的男人，就是杜黄桥！杜黄桥的腿居然不瘸了，视力也好得出奇，简直就是脱胎换骨。他腰杆笔挺，无比生猛，和在南京战场上带兵突围时有得一拼。

卷起长衫的袖口，杜黄桥双手连续开枪，子弹迅速飞出，作为军统局上海区的重要秘密联络点，仙浴来澡堂很快就被他给一锅端了。在后来的战报中，陈开来听说，这天下午在澡堂秘密聚会的是军统局十二个分站的重要头目，据说还有炙手可热的王牌特工"财神"。现场一共活捉七人，留下了六具尸体。陈开来事后才知道，杜黄桥竟然是76号特工总部的暗线，他的代号叫"清道夫"。潜伏在仙浴来，"清道夫"的使命就是让军统局上海区彻底瘫痪。

令陈开来更加难以相信的是，后来他听说，小姨娘杨小仙可能就是"财神"。那天，杨小仙死得十分难看，脸被子弹射成了一团肉酱，根本看不出原来的模样。枪声停歇后，陈开来和金宝眼见着小姨娘被杜黄桥的手下扔上了运尸车。杨小仙的一条腿挂在栏板上，看上去死得很不甘心。那时，站在人群中纳闷的还有赵前。赵前走上前去，和杜黄桥同时对着打火机点燃一根烟，说，没想到啊，姓杜的你不是拨弄三弦的，你是弹奏催命曲的。

杜黄桥喷出一口浓烟笑了，说，赵公子眼力不错，我们很快就会在76号见面的。然后，他看见赵前按下打火机盖子，推开一群吓破了胆的顾客，面带笑容地离开了。

陈开来一个人往特别间走去，却发现门已经被打开。没过多久，杜黄桥便冲了进来，两个人同时看见，气窗的风叶还在一堆光线中缓慢地旋转，但跟随过来的特工只是上前轻轻一碰，气窗便整个都掉落了下来。

特别间里空空荡荡，沈克希已经不见了人影。

杜黄桥即刻带人追赶出去，直到黄昏时分才匆匆返回。他再次查看气窗周围，却没有发现任何脚印，于是判断出，救走沈克希的那人，一定是故意造成通过气窗逃走的假象。而真实的情况，沈克希那时应该就被藏在澡堂的某个角落里，等到所有的特工离去，才神鬼不知地被人接走。

这是一次大意的行动，杜黄桥想，美中不足的是，自己在最后一个环节被人暗算了。

金宝这天被吓傻了，站在照相馆门口，她白着一张脸一直没有说话，也没有心思再去米高梅舞厅。夜色在她头顶聚集。她对陈开来说，确实得多赚一点儿钱，这世道实在太乱了。又说，杜黄桥是一个人面兽心的魔鬼，还有我那可怜的小姨娘，她怎么可能是军统？

苏门第二天醒来时觉得身子特别轻盈，在照进客厅的一小撮阳光里，她突然心血来潮，赤脚在地板上跳起了一个人的探戈。她想，此刻的赵前，一定是在哪个角落里守护着沈克希。这样想的时候，她开心地笑了，并且心满意足地发了一阵呆。

可是苏门没有想到，此时的窗外，正站着前来接她去76号听取前一天事件汇报的陈开来。而就在刚才，陈开来已经偷偷拍下了她独自跳舞的许多个瞬间。

16

杜黄桥去76号特工总部上任的日子，正是这一年的惊蛰。

那天，杜黄桥从车上下来，移步到照相馆的屋檐下。

在一串春雷的尾巴里，他抬头大喊了一声，春雷响，万物长，人生从此不彷徨！

照相馆里，金宝正在给杨小仙上香，她背对着门口，头也不回地骂了一句，滚出去！

杜黄桥愣了一下，吐出咬在嘴里的牙签，说，女人不好这么任性的，不然雷公听了也会在天上打滚。说完，杜黄桥对供桌上的杨小仙牌位很潦草地鞠了个躬，说，财神爷，一路走好。

丁阿旺的车子没过多久就又回到了门口，他是过去给杜黄桥取一套洋服的，据说是南京路上意大利裁缝的手艺，三天前按照杜黄桥的身板量身定做的。

杜黄桥脱了长衫，在吹进照相馆的风里，他可能觉得有点冷，所以抖了抖瘦长的身子，然后套上西装，又将三弦倒背到肩上，这才大步流星地走到摄影棚，对陈开来说，来，给你师父拍一张。

金宝怒气冲冲，上前啪嗒一声，把所有的背景灯给关了，又吼了一声，滚出去！

杜黄桥好像来不及生气，只是搂紧陈开来的肩膀，说话的样子很认真，说，那我先走一步，你以后还要跟着我的，因为你是我徒弟。

天空滚过一群雷，杜黄桥停顿了一下，耐心等到雷声消停，才不紧不慢地开口说，记住今天这个日子，咱们师徒两个从此就要飞黄腾达了。

陈开来觉得胃里有些难受，一阵一阵的，感觉很多酸水都要翻腾出来。

杜黄桥转过身子，看上去他的时间安排得非常紧，他对丁阿旺命令了一声，走！

憋了很久的春雨终于降临了。陈开来想，接下去，雨会下得没完没了。

特工总部的会议室里，杜黄桥面对旗帜双腿并拢，仔细聆听苏门为他念诵的嘉奖令。特工们经久不息的掌声随后响起，李默群不加掩饰地笑了，声音很响亮："清道夫"，祝贺醒来！欢迎归队！

苏门紧接着也笑了，看着杜黄桥说，恭喜你荣升为直属行动大队的大队长！

那天，所有的人离去后，杜黄桥久久地站在窗前。他看见驻扎在76号的那群日本兵正在雨中操练，明晃晃的刺刀下，一双双靴子踩出四处溅开的水花，然后他慢慢露出笑容。

一旁的丁阿旺也很激动，只是一时想不出可以搭配杜黄桥心情的词句。最后只能说，李主任的接风宴已经摆好，大哥是不是可以过去了？

杜黄桥摆了摆手，问，见到苍广连了吗？你猜，他等一下会不会敬我酒？

丁阿旺从来没有想过这个问题，他也是这天下午刚刚知道，那天自己在仁济医院演了一场戏，把沈克希给调包走的时候，杜黄桥曾经私底下给过李默群一个电话，并且得到了他的默许。如此看来，丁阿旺想，那天喧嚣的舞台上，苍广连其实并不清楚自己只是一个蹩脚的跑龙套的。

陈开来没有参加这天的接风酒席，只想一个人把自己给喝醉。现在，杜黄桥发达了，杨小仙死了，金宝又去跳舞了，所以照相馆里陪伴他的只有供桌上杨小仙的画像。陈开来从来没有觉得夜晚会那么长，酒会那么难以下咽。等到金宝提着高跟鞋回来时，他非要找她继续喝酒。金宝却将他一把推开，说，喝个屁！你抓紧把欠我的钞票还给我。陈开来有点儿忧伤，说，就算是今天为你过生日吧，你说上海那么乱，活着不容易。

金宝盯了一眼杨小仙的画像，收了陈开来的一部分钱，坐下来喝了一口酒说，照相馆开出来这么长的日脚，咱们也没给小姨娘拍过一张照片，你说她在那边会不会责怪我们？

金宝十分像样地在酒瓶前许了个愿，菩萨保佑，长命百岁，自己还要活着回杭州。

这天，陈开来和金宝竟然没有吵架，两个人喝来喝去，醉了的金宝甚至把陈开来带去了自己的房里。

金宝解开一粒旗袍扣子，靠到床背上，露出一截光鲜的腿说，冯少没有得到的，你现在动手可以随便取。你今天终于可以领略到我的大方，以及你的运气。

陈开来迷糊着一双眼，看见金宝实在是很邋遢，她的东西到处乱扔，床上堆满了袜子、胸罩和短裤。陈开来转身，东倒西歪着，扶住墙壁回了自己的房间。把门关上之前，他又听见金宝说，你还这么挑剔，要不等我打扮一下，我让你见识一回新买的香水。

金宝后来叼着香烟撞开了陈开来的房门，她的香水味在照相馆的二楼到处弥漫，像是要激活整个倒春寒的夜晚。可是金宝最终看见陈开来的房里，墙上全都是苏门的照片。墙上的苏门有些是在自家的客厅，怡然自得地跳着一个人的探戈；有些是赤脚坐在地板上，撩起发丝很认真地发呆。

金宝把香烟给扔了，叹出一口气说，他妈的这就是命。

那天陈开来醒来的时候，发现金宝并没有离开。金宝一直坐在他床边，默默地抽着香烟，后来她说，小猪崽子，我晓得你心里堵得慌。

陈开来说，我是堵得慌，因为你的香烟快把我给熏死了。

金宝想了想，干脆猛地吸入一大口香烟，转头亲了陈开来一下。

陈开来说，你胡闹。

金宝说，胡闹怎么了？亲都亲了，有本事你也把我胡闹一次啊，做一回男人给我看看。

陈开来叹了一口气，在随即涌进来的风里把被子塞紧。他记起李木胜曾经说过，惊蛰刮北风，从头另过冬。他想，沈克希此时会在哪里？

17

陈开来再也无法见到原来的杜黄桥。那个曾经在冬日里弹拨着三弦，唱着评弹，一天到晚看似昏昏欲睡的杜黄桥，现在已经忙碌成打转的陀螺。杜大队长的确有太多的事情要处理，他如今虽然视力恢复了不少，也不再需要去假装瘸腿，但还是连上趟厕所也巴不得开车过去。不过，在针对那几个抓捕到的军统人员的审讯上，杜黄桥还是显示出无比的耐心，并且腾出了充足的时间。

刑讯室里，杜黄桥循循善诱，慈祥得如同一个兄长。面对军统人员，他把道理和利弊都敞开心扉来谈，几乎透彻得跟春雨洗刷过的玻璃一样。他说，有一点你们尽管放心，我姓杜的从来不提倡用刑。那又何必呢！等到你们把事情讲清楚了，出了这道门，以后在酒店或是舞厅，大家见了面依旧是推心置腹的兄弟。

人生苦短啊，杜黄桥说着，从端进刑讯室的脸盆里抓起一块血淋淋的牛肉，像个深谙厨艺的酒店厨师那样，仔细晃荡在手里。此时，那只被铁链拴住的德国狼狗，黏稠晶亮的口水已经拖挂到了地上。它眼巴巴地望着牛肉，对一派咨喜毫无表示的杜黄桥猖狂地吼叫了几声。杜黄桥却笑眯眯地，不慌不忙地将牛肉重新扔进脸盆，然后蹲下身，在狼狗油光发亮的皮毛上擦去手上的血，又抚摸它的脑袋说，小丫头，你就不能斯文一点儿吗？这些全是我的客人呀。

苍广连已经很多天没去76号报到，不知道的人还以为他失踪了。但是坐在办公室里不停盘算的杜黄桥不这么想，他在一天接着一天翻日历，心想，很多时候，翻日历的道理可能跟翻脸是一样的。

那天，得知杜黄桥被任命为大队长，也就是成了自己的顶头上司，苍广连从莎莎身上很疲沓地翻了下来。他的大半个眼珠是灰白的，一直盯着图案缭乱的墙纸。他很清楚，人的脸皮一旦撕破，是怎么也补不回去的。不过苍广连最终还是鼓起勇气，去了一趟杜黄桥的办公室，那次他几乎泪水涟涟。

当着杜黄桥的面，苍广连把那块曾经招惹过他的怀表直接砸碎在了地上，说，我这辈子是瞎了一双眼，看在老战友的分上，营长您就按老规矩处置了我吧。

杜黄桥很认真地摇头，心想，苍广连说瞎了一双眼是不是在指桑骂槐，嘲笑他曾经差不多是个瞎子？他仔细盯着碎了一地的怀表零件,看见它们分裂成了好几十片,然后才似笑非笑地说,要不你把它给吞下去?

苍广连愣了一下,以为自己听错了,但他还是随即趴到了地上,捡起两片齿轮硬生生地塞进了嘴里。可是就在他努力着,想要吞咽下去的时候,杜黄桥上前一把将他搂住,搂得很紧。杜黄桥说,兄弟啊,你也太小瞧我了。只是一句玩笑话而已,何必这么在意。

杜黄桥还让人把陈开来给叫来,然后一把拉住苍广连的手,高高举起后对他说,看见了吗?这是曾经和我在战场上同生死共患难的兄弟。

那天,杜黄桥让陈开来拍下了许多张他和苍广连勾肩搭背的照片。镜头里,杜黄桥笑得十分真诚,这让苍广连觉得无限愧疚,不禁再次痛哭流涕。杜黄桥爽朗地笑着,面对面安慰了他很久。

也就是在这天,等陈开来离开办公室后,杜黄桥像是很随意地和苍广连聊起,那次在仁济医院,沈克希被人救走时,苏门怎么也会在现场?苍广连就站在杜黄桥跟前,使劲回忆了一遍,其间,他见到陷在沙发里的杜黄桥不停地点头。

事实上,杜黄桥不仅开始怀疑苏门,对赵前这个人也有着许多疑问。他仔细想过,姓赵的经常出现在仙浴来,特别是沈克希从澡堂逃脱的那天，他正好也在。这样的频率未免太高，也太凑巧了吧！

杜黄桥没有让这样的疑惑在心里存留太久，他直接去了李默群主任的办公室。李默群很快就笑了，笑得让人糊里糊涂。他说，你这个大队长的职务还是滚烫的，别没事找事。把脑袋削得太尖，总归会扎伤了自己。

李默群给自己点了根雪茄，告诉杜黄桥，她是南京派来的，南京你总晓得吧？你我是在同一条船上，就连划的桨也是南京出钱给买的，难道你想举起榔头把它给砸了？

杜黄桥于是转换一个话题，说，扫荡军统的那天，碰巧赵前也在澡堂。

李默群说，然后呢？

没有然后，我只看到了这些。

知道了，李默群说，这事情我该记下。

金宝在息焉公墓给杨小仙置办了一块坟地。在墓碑前，杜黄桥和陈开来一起弯腰鞠躬，好像埋在地下的是另外一个女人。他后来对着刺眼的阳光摘下新买的墨镜，告诉陈开来，苍广连得死，不把这个人除掉，永远是个后患。

陈开来说，我对你们这些明争暗斗不感兴趣。

你不感兴趣是因为不懂人心，更加不懂政治。杜黄桥说，这样下去你会吃亏的。苍广连竟然敢吃下怀表零件，这样的人最可怕。

那天，陈开来为杨小仙流了整整一个下午的眼泪，这让杜黄桥很感动，他用手搂着陈开来的肩，两个人对着夕阳抽了一支烟。陈开来是不会抽烟的，所以被呛到了，于是又流了一阵眼泪。

杜黄桥说，你那么重感情，我不会亏待你。还是那句老话，跟对人很重要。

那你跟的是谁？

我跟的是南京的汪主席，也包括李默群。

现在想起来，那个俞应祥，也是你替李默群杀的吧？

你怎么知道？

那天你的三弦断了一根弦，你就是用弦把他给勒死的。

杜黄桥突然就笑了，说，原来你还是懂得人心的。不过你要明白，俞应祥不死，就是李默群的一块心病。

那你现在还有什么心病？

杜黄桥想了想，最后还是说，替我盯着苏督察，她的一举一动，你都要告诉我。我有一种直觉，这个女人有问题。

陈开来看见疲倦的夕阳照耀着息焉公墓，血红得让人喘不过气来。他问杜黄桥，你现在私底下给我多开了一份工资，原来就是为了让我干这个？

钞票只是钞票，对没福气消受的人来说只是一堆纸。杜黄桥说得很干脆，我不是金宝，你别什么事情都混为一谈。

18

经历过一场洗劫的仙浴来澡堂早被76号贴上了封条。从此，这个热气腾腾人声鼎沸的场所，一下子变得十分冷清。杜黄桥这天带着丁阿旺，掀起半张封条纸，并用钥匙打开了大挂锁的门。撩开棉布门帘的时候，见到墙上那串没有来得及堵上的弹孔，像是一群马蜂窝。杜黄桥随即皱起眉头，仔细看了一眼柜台，这才想起，原先收竹筹的杨小仙早就不在了。

物是人非，杜黄桥有点儿惆怅。就在沈克希曾经养伤的那个特别间，他把自己埋进一口陈旧的搪瓷浴缸里。透过氤氲的水汽，抬头望着气窗的方向，他一个人想来想去发了半天呆，仿佛恨不得要从哪个角落里，将失踪的沈克希重新一把拎出来。

事实上，杜黄桥这天的心情可以说比较差，因为他刚和特别行动处处长毕忠良吵了一架。毕忠良指着上个月的会议纪要，声音响亮地问他，你都查了一个月了，当初被你调包带走的沈克希现在到底去了哪里？

杜黄桥有点儿茫然，他没想到丁阿旺的那次行动，毕忠良竟然也了如指掌。那么可能性有两个，要么是李默群绕了一个弯来向他要人，要么是毕忠良抓到了风声，想要趁早压压他的风头。

这时，丁阿旺提着修脚刀进来，他已经很久没有帮杜黄桥修过脚指甲了。

杜黄桥靠在躺椅上，觉得还真是有点儿累，随后吐出一口悠长的烟说，去打听一下，赵前最近有没有来澡堂门口转过。

赵公子跟我们一样，那次事情后就没再出现过。丁阿旺挑出杜黄桥脚指甲里的一片泥垢说。

杜黄桥沉默了很久，在香烟抽完之前，他突然想念起那段在澡堂弹奏三弦唱评弹的岁月，以及笑得跟月历牌上女明星一样动人的杨小仙。

那天修完脚后，杜黄桥匆匆离开了澡堂。他现在比以前谨慎多了，因为据说军统飓风队的陶大春正在筹划买他的人头。丁阿旺还说，飓风队手中的黑名单，杜黄桥可能排在第三。杜黄桥于是装作很不开心，上车时摇上玻璃窗埋怨说，他们怎么不把我排在第一个？

在陈开来照相馆门口，车窗里的杜黄桥见到了一番打扮正准备去舞厅的金宝。金宝裹在旗袍里的身段前凸后翘，实在有点儿妖娆。但是杜黄桥想，相比之下，他还是喜欢杨小仙的样子。杨小仙从来不化妆，目光也是不温不火，比较朴素，是个居家过日子的女人。

这天夜里，苍广连拎着个酒瓶，推着陈开来一起去了杜黄桥的办公室。就着一堆凤爪跟花生米，苍广连把自己喝多了，他问杜黄桥，最近你怎么老待在办公室？也没见你回去过一趟。杜黄桥装作什么也没听见，只是忙着喝酒，心里却想，这家伙怎么观察得这么仔细，难道他在留意自己的行踪？

苍广连终于喝醉了，杜黄桥就让丁阿旺将他拖了回去。然后，他把灯给关了，直接躺在了办公桌上。他对陈开来说，金宝的腿其实挺白的。不过你可千万别上她的床，这个女人你吃不消的。

陈开来躺在沙发里，他也有点儿喝多了，喷着酒气说，为什么？

这个人那么喜欢钞票，但是为了你，钞票都变得不重要了，那么她要的是感情。要感情最可怕了，你付不起，也赔不起。可能会要了你的小命。

陈开来翻了个身子，仔细想了想，眼前浮现的却是苏门的影子，于是说，没感情更可怕。

说完，他就在那张沙发上睡着了。

19

逃离澡堂的第六天，转运途中失血过多的沈克希再次醒来。她那时并不知道，自己是躺在一口棺材中被送到苏州河南岸的药水弄棚户区的。赵前给她安排的藏身之处，是一间无比狭窄又潮湿的屋子，上海人称为"滚地龙"。

沈克希睁开眼，依稀看见一面破败的门板，四周捆扎成篱笆状的竹条，以及用一片麦秆草席搭建起的顶棚。虽然是白天，但因为密闭的滚地龙里没有窗口，漏进来的光线依旧少得可怜。

赵前点起一盏油灯，沈克希挣扎了一下，这才看清他很多天没有刮的胡子，于是说，你怎么老得这么快？

赵前摸了一把胡子，笑着说，因为我最近没有洗脸。

你总是有很多理由。沈克希也笑了，她问赵前，我们有多久没见了？

在我抓捕你之前，是两年零三个月。

今天几号了？

旧历的三月十九，你已经昏迷了六天。

沈克希沉默了一阵，她想，何止是昏迷，自己其实死过好几回了。早在仙浴来澡堂时，她就不敢去照镜子了，她担心自己已经丑得没有了人样。

这时候，苏门的身影在赵前身后晃动了一下。沈克希仔细看过去，发现那是一个陌生的女子，虽然穿了一件宽大的衬衫，但依旧错落有致，十分精神。

她是你爱人吗？出于一名地下工作人员的自我保护，沈克希故意这样说，长得真好看。

苏门顿时有一种淡淡的哀伤。半个钟头前，她在西康路上踮起脚尖踩下了黄包车，穿过那条满地泥泞的狭长而拥挤的通道，耳边不时响起的，是药水弄外来乡民几乎如出一辙的苏北口音。现在她低头盯着自己的高跟鞋，上面沾满了乱糟糟的泥浆，所以一时想不出该怎么向沈克希解释，自己就是她的上线，曾经和她暗中联络过许多次的"戴安娜"。

那天，空中飘荡起了雨丝，并且带来附近江苏药水厂刺鼻的硝酸味。苏门终于亮明了自己的身份，沈克希也最终向苏门汇报，小组成员中另外一个代号叫"断桥"的，她已经在赛马场上同他接上头。这人叫陈开来，是自己的远房亲戚，在仙浴来澡堂隔壁开了一家照相馆。沈克希还告诉苏门和赵前，澡堂里救她离开医院的杜黄桥身份可疑，想将她和"断桥"带入歧途，所幸陈开来什么也没透露。

听到陈开来的名字，苏门突然觉得意外，那个一脸坏笑的照相师，背后竟然藏着天大的秘密。所以，她给赵前下达了一个任务，要他先和陈开来接头，打探一下虚实。苏门说，如果沈克希说的是对的，那么"西湖三景小组"即将全部被唤醒。

那天，苏门很快就离开了药水弄，因为赵前提醒她，你这身打扮，在这里非常抢眼。

离开之前，苏门回头看了一眼沈克希。在那样微弱的光线里，她想告诉沈克希一句，其实我已经不是赵前的爱人，现在他只爱你。

第二天赵前出现在米高梅舞厅时，所有的胡子已经刮去，一张脸显得异常干净。他的西装是崭新的，里头装了个进口的酒壶。他靠在柜台上，对着酒壶一口一口喝酒，潇洒的样子让想找金宝学跳舞的陈开来十分羡慕。

那天，为了让金宝开心，赵前看见陈开来忙前忙后，一个劲儿地给她拍照片。金宝于是笑成一朵怒放的山茶花，恨不得把整个舞池给包下。

舞曲消停以后，赵前找上陈开来，两个人对坐着边喝边聊，说了很多。最后赵前笑着问他，你的照相机是美国货吧？

陈开来有点儿得意，说，不，德国货。

听说现在已经有彩色相机了。

我的是黑白的。在我的世界里，白就是白，黑就是黑。

你从杭州过来，以前一定拍过西湖吧？

我最喜欢的一处西湖风景，是断桥。

舞厅里的酒喝得有趣而且漫长，两个人后来看见，冯少又举了一大把花过来。不过冯少在人群里挤来挤去，最终却跟丢了蝴蝶一样翩飞忙碌的金宝。陈开来于是拍拍他肩膀，问他，冯家的钞票还剩下多少没有败光？冯少就护着手里的鲜花，好像担心要被陈开来给抢走。他有点儿气愤，说，不用你管，又说，以后每天晚上，你最好少去金宝的房间。

陈开来笑着喷出一口酒，他知道冯少最近被杜黄桥狠狠地敲诈了一笔。那次，杜黄桥跟李默群商量，说，冯记火柴厂太会赚钱了，那些钱却跟我们一点儿没有关系。李默群于是编出一条通共的理由，逼迫着冯少将火柴厂低价变卖给杜黄桥的朋友。冯少觉得眼下当务之急就是带金宝离开上海，去哪里都行，哪怕是香港。

在冯少继续寻找金宝的时间里，赵前告诉陈开来，

"苏堤"沈克希是他妻子，他之前是从眼线那里打听到，沈克希就在仙浴来澡堂。现在被他救走的妻子伤势正在恢复，应该没有危险。而他们"西湖三景小组"接下去直接接受一个代号为"戴安娜"的上线领导，要执行的任务，是尽快拿到日军的"沉睡计划"。

陈开来一直望着舞厅，说，赵公子，"戴安娜"是谁？

你不用管她是谁，暂时也联络不上她。只需知道，是她命令我来找你。还有，我知道你是"断桥"，也是"苏堤"同志提供的消息。

怎么找到"沉睡计划"？

利用你是苏门照相师的身份，还有杜黄桥信任你的机会。赵前说，我在76号只是个负责直属大队后勤的，在这方面不具备你的优势。

金宝重新出现在人群中时，已经端了一杯上好的红酒，她盯着赵前，说，赵公子，你们聊了这么久，你好像看上了我们家开来。

这句话被冯少听进了耳里。冯少很失落，抱着鲜花提醒金宝，我才是你们家的，姓陈的只是暂时同你住在一起。

金宝白了冯少一眼，警告他别老是捧着一团花晃来晃去。她说，我同你讲，老娘我花粉过敏。

冯少突然感觉有点儿奇怪，说，你以前不是不过敏的吗？

这时候，舞厅里出现了一个名叫幸枝子的女人。幸枝子的旗袍开衩开得很高，一下子吸引走很多男人的目光。金宝想了想，开口对冯少说，花粉过敏是要休克的，女人休克了就像被子弹射中的母猪，会口吐白沫。

金宝说完，果然就有一阵枪声在热闹的舞厅里响起，那是军统飓风队的陶大春带队伏击了幸枝子。幸枝子其实是中国人，曾经也是一名军统，却向"清道夫"杜黄桥出卖了仙浴来澡堂的情报。她现在取了个日本名字，是因为委身的男人是梅机关的特派武官，那人每天都喜欢搂着她风情万种的腰。

米高梅舞厅的后门弄堂里，没有被子弹射中的幸枝子跟随特派武官逃得歪歪扭扭。她那撩人的旗袍后摆像窗帘一样飘扬起来。

但是，陶大春很及时地把她给截住了。

站在贯穿弄堂的西北风中，陶大春手握一把锋利的西瓜刀。西瓜刀落到梅机关武官的酒糟鼻前，他有一颗光秃秃的头颅，哪怕在光天化日下也找不出一根头发。陶大春手起刀落，血光四溅时，瘦小的特派武官就抱着开了口的脖子矮下去那么一截。

在冯少如同鲜花凋零一般的记忆里，那天他蹲在一个墙角看见，陶大春的刀口随即指向瑟瑟发抖的幸枝子。可是刀子很快就被一只白净的手给夺走，这人恰恰是金宝。

金宝将刀子托在手里，反射出一片幽冷的光。她眼前的幸枝子像被抽去了骨头一样跪下，原本很好看的波浪式长发盖住了整张脸。幸枝子在她脚跟前继续发抖，说，还有没有机会？金宝一把抓起她已经很杂乱的头发，将她整个人提起来说，机会是自己给的，戴老板很心痛。然后，她亲自割开幸枝子的喉咙，在拧开水龙头一般喷涌的血里，将刀口提出，最终往幸枝子暴露无遗的大腿上擦拭了一下。

头顶的云层触目惊心地翻滚着，冯少的心脏差点儿跳出了喉咙。他哪里会晓得，金宝才是军统局真正的"财神"，而过去那么长的日脚里，就连杜黄桥也被蒙在了鼓里。

那天，陈开来看见亭亭玉立的金宝站在一只窨井盖的上方，她点了一根烟，悠长地喷出一口。夜色很及时地降落下来。金宝踩着那方窨井盖，像是踩住一个不为人所知的秘密。她缓慢地告诉陶大春，重庆方面想要获取的"沉睡计划"，在一个名叫星野的医学博士身上，那是一个病恹恹的男人，脑子里装满了死亡的气息。

陈开来心想，世事难料，在这个万物生长的春天，竟然又多了一个瞄准“沉睡计划”的对手。

20

陈开来照相馆二楼金宝的房间里，金宝坐在一只木盆里洗澡，就像浸泡在其中的一捆青菜。仙浴来已经被贴上了封条，金宝再也没有机会去澡堂洗澡。此刻坐在相对狭小逼仄的木盆里，金宝想起幸枝子，便有点儿忧伤，她觉得很大程度上，幸枝子都长得像自己的妹妹银宝。

二十年前，在一只宽敞的木桶里，奶奶给金宝银宝这对姐妹搓澡。那是一个清凉的午后，奶奶搓着搓着就流下了两行眼泪。金宝眼尖，推了一把银宝，抬头说，奶奶你怎么了？奶奶抬起手背擦了一次眼角，说，你们的爹没了，他被日本人给枪杀了，身上留着三颗子弹。赤条条的银宝颤抖了一下，不是因为冷，随即哇的一声哭了出来。金宝于是盖住她的嘴，咬紧牙齿说，不许哭，奶奶没哭，我们也不哭。

那天，从木盆里起身，金宝看到许多水珠从自己的身上纷纷滑落。她擦干了自己的身子，套上一件睡袍，打开房门一步步走向暗房中的陈开来。她突然坐在了陈开来的腿上，披下来的头发还滴着澡盆里带出来的温热的水珠。

金宝一直紧紧地盯着陈开来，陈开来一动不动，笑着说，你是不是要把我也给灭了？

金宝随即把鞋子给甩脱了，说，我看到了。那天我动手的时候，你就躲在屋角。我没有声张。

陈开来沉默了一下，说，那就动手吧。

金宝笑了，拍了一下陈开来的脸说，杀了你就等于杀了我自己。

陈开来盯着地上金宝的鞋子，他想起当初他提起这两只鞋子时，重量是不一样的。那么，其中一只的鞋后跟，会不会还藏着刀片？过了一阵，他说，新祥不是三川公司影楼的，那儿从来没有这么个人，他是你的马仔。还有，你其实会洗照片，我们照相馆营业的第一天，你就动过显影液。你知道赛马场上暗杀苏门的武器是卡簧枪，也叫钢珠枪，但你却说那是你从《侦探》杂志上看来的。《侦探》杂志从创刊到现在，从来没有介绍过卡簧枪。

金宝说，看来你比我还像一个特务，心计挺深。

陈开来说，我心计深，但不害人。

金宝笑了，说，我现在喜欢你，以后就不一定了。一旦不喜欢了，我就有可能杀了你。

金宝的眼神黯淡了下去，她无奈地垂下头，一些松散的头发把脸遮盖住了。她说，姓陈的，你就不能抱我一下吗？抱得紧一点儿。

那时候，她已经把睡衣的吊带给扯下，并且一双手勾住了陈开来的脖子。

陈开来说，你快下来。你不能在我这棵歪脖子树上吊死。

康复以后的沈克希，住到了苏门的家里，她们在同一个屋檐下生活着。

在赵前没有出现的时光里，苏门和沈克希会坐在巨大的窗帘后面，聊很多的话题，话题中也包括赵前。直到有一天，苏门终于说，现在你是他妻子，但是很多年前，我是他女友。

沈克希说，我晓得的，但我一点也不想问。

沈克希又说，他不叫我妻子，他叫我老婆。

苏门突然有些酸楚，她把脸朝向窗外，留给沈克希一个寒凉的侧影。沈克希笑着说，虽然我不问，但我晓得他其实很爱你。可我只要他在我的身边就好了，在身边顶重要了。

沈克希说，你晓得吗？他和我更多的时候是喝汤，但和你会喝酒。喝汤是过日脚的，喝酒那是心里有。我在他心里没有你那么重，但我还是觉得他是我的，因为我们有过喝汤的日脚。而且我们成亲了，我们有孩子，孩子就生活在我老家徽州。

苏门什么也没有说，只是托起酒杯抿了一口酒。沈克希则长久地看着她美丽的脖子出神。

苏门把得到的情报告诉了沈克希，他们要找的星野永生博士住在东亚政治研究所的一幢独立小院里，那里的所长叫苏三省。苏门说，真正的"沉睡计划"，星野还没有全部完善，他正在紧锣密鼓地向前推进。苏门还同沈克希说，我们只有一个办法，派人打进星野的实验室，因为他需要助手。

这时，沈克希说，你可以派我去试试，"西湖三景小组"里面，我觉得我最合适。

苏门迟疑地看着她。沈克希说，你不用担心，我以前在学校剧团学过演戏。

在窗前的一堆阳光下，苏门开始替沈克希化装，还替她剪了头发。那是一个静默的下午，只有灰尘在光线中扬起的声音。苏门说，你可能会牺牲。沈克希十分平静，微笑着望向窗口的那束光亮说，不怕！

真正的潜伏就要开始了，那天，赵前和沈克希一起吃了一顿饭，他们吃得十分缓慢，仿佛要把每一粒米饭都数数清楚。有那么一会儿，赵前搁下筷子，沈克希就举起打火机给他点烟。沈克希知道这是赵前十分钟爱的打火机，很多年一直留在身上。

苏门就等在不远处的弄堂口，坐在车里，她想起了燕京大学的秋天。那时候，她喜欢站在一棵特定的树下，在风吹树叶的沙沙声中，背诵泰戈尔《飞鸟集》中的诗句，比如说，生如夏花之绚烂，死如秋叶之静美。她依然记得，在秋天，她喜欢光着腿穿着皮鞋站在树下，因为能感觉到秋天一寸一寸的凉意。她喜欢那样的凉意，觉得沉浸在其中可以保持头脑清醒。

赵前没有起身，也没有送别沈克希。苏门只是看到门晃荡了一下，沈克希就一个人走了出来。沈克希捋了捋头发，对着那扇重又合上的门笑了一下，然后就把双手插在风衣口袋里，一步步地走向苏门的车子。

沈克希并不晓得，此时的赵前，就坐在那张凳子上，举起打火机打出温暖的火苗，他大概是在用这样的方式为自己的妻子送行。

沈克希打开车门。接下去，苏门要找个地方专门对她做一些医学上的培训。

苏门问，准备好了吗？

沈克希说，准备好了。

这时，苏门已经将车子发动了起来。

21

沈克希离开的日子里，赵前带陈开来去了一趟奉贤。那次，陈开来在摇晃的车厢里睡着了，等到层层叠叠的油菜花如悬在空中的地毯般浮现时，他被眼前一群飞舞的蜜蜂惊醒。

把车窗摇下后，赵前告诉陈开来，那些蜜蜂是会跳舞的，它们一般跳圆舞和"8"字舞，为的是给同伴通报新发现的蜜源。

陈开来有点惊讶，他没想到赵前居然还念念不忘跳舞。直到赵前和那个养蜂人开始收割蜂蜜时，他才终于明白，赵前来这里，原来是为了沈克希。

她其实还没有痊愈，赵前说，但我能够做的，也只有这些。

陈开来于是想起赵前的那本《飞鸟集》，里头那些密密麻麻的诗歌，有很多都是关于爱情的。他曾经问过赵前，如果找一首诗送给沈克希，会选择哪一首？赵前沉默了一会儿，笑了，说他最喜欢的是其中一句：有一次，我们梦见大家都是不相识的。我们醒了，却知道我们原是相亲爱的。

那天，赵前把所有的蜂蜜都装进一个透明罐子里，他说等到哪天胜利了，或许能和沈克希一起回老家去种几亩油菜，顺带养几箱蜜蜂。他还把手搭上陈开来的肩膀，说，我这一辈子，只搭好兄弟的肩膀。既然你是我兄弟，那么到时候一定要送你很多的蜂蜜。

陈开来在翻滚的春风里笑了，他觉得，"兄弟"这两个字现在被赵前说出，听起来还挺不错的。这时候，又有一阵细小的风吹过，陈开来恍惚中看见，春天仿佛停歇在了赵前的眼里。

杜黄桥这天原本比较清闲，如果不是因为有一只蜘蛛攀爬上他那把挂在墙上的三弦，他的心情简直就是愉悦的。现在苍广连正在帮他驱赶那只蜘蛛，耐心而且勤恳。跟澡堂里第一次见面相比，苍广连如今换了一个人，这让杜黄桥觉得，曾经那么不可一世的男人，原来也是可以变得服服帖帖的。

时间可以改变一切，杜黄桥经常这么想。他想起当初在南京保卫战里，信誓旦旦守城的唐生智竟然跑得比子弹还快，而失去统一指挥的部队，撤退到江边时甚至为了抢夺一艘可以逃命的渔船，相互间举起了枪。这之后，杜黄桥又收到更为震惊的消息，因为守卫县城的官兵撤退得不见了人影，老家的那幢房子被日本人烧成了一堆废墟。他们一家十几口，全都成了废墟里的尸骨。杜黄桥流下浑浊的眼泪，决定一把火烧掉身上的军服。

办公桌上76号下属的杭州特工站的专线电话突然响了。杜黄桥对已经赶走蜘蛛的苍广连笑了一下，告诉他可以先出去了，记得把门给带上。

苏门当晚就收到了赵前送来的那罐蜂蜜。面对那些新鲜透明的液体，她一下子想起了很多，最后微笑着说，我知道你很爱她。

赵前点燃一根烟，在苏门家的客厅，他突然觉得目光无处摆放，最后只能盯着手里的打火机，并且想起许多年前一个秋日的下午，自己收到了一个法国寄来的包裹。在那扇密闭而幽暗的老虎窗前，赵前记得自己是那样仔细而缓慢地拆开那个包裹，仿佛只是为了享受漫长的过程。黄昏如约降临，那次赵前最终看见的是一只精美的打火机，如同一片石头，闪耀着寂静的光芒，瞬间让他颤抖不已。

那年苏门送给赵前的，是一只法国原产的MYON-1937勉牌自动打火机。和打火机一起到达上海的，是苏门留在盒里的一句泰戈尔的诗：有一次，我们梦见大家都是不相识的。我们醒了，却知道我们原是相亲爱的。

夜风密集地拥进窗口，将赵前身边的那些烟雾送到苏门的眼前。苏门透过烟雾说，沈克希是真正的勇士，值得你去深爱。

赵前笑得有点儿凄惶，他其实想告诉苏门，如果有可能，他希望沈克希只是一个洗衣烧饭的妻子，怀抱孩子的母亲。他又听见苏门说，如果哪天我被捕了，你最好直接给我一颗子弹。因为我有点儿担心，自己做不到沈克希那样坚强。

赵前一直望向窗外，很久以后才回头盯着苏门，说，恐怕我枪里的那些子弹，不会同意你被捕。

杭州特工站通过专线电话传来的情报，让杜黄桥在办公室里足足待了一个下午。他后来布置出一个圆满的计划，并且在底牌摊开之前，没有向任何人透露出一丁点儿信息。

杜黄桥计划中的一步，是安排赵前带两名特工去火车南站接人。他告诉赵前，客人是从杭州方向过来的，下午一点钟到站。

队长要我送他去哪里？

杜黄桥说，我到目前也还不清楚，你只管听客人的就是。

　　赵前意识到，杜黄桥这次嘴巴很严，那么肯定不是一般的客人。而他此时并不知道，就在五分钟前，苍广连已经接到另外一个任务：带队赶往长钉弄设伏，随时等待任务的下达。

　　苍广连那时什么都没问，但他已经能够猜到，立功的机会就要来了。这回将要收网的，肯定是一条大鱼。

　　陈开来觉得这个上午有点儿不对劲，因为他看见苍广连离开杜黄桥办公室时，突然兴奋得精神焕发，连笑容都来不及隐藏。所以，他后来去找了杜黄桥，随口说，今天好像是个好日子，苍队长刚才笑得跟油菜花一样。

　　杜黄桥正往弹匣里压进一枚一枚的子弹，他想了想，还是将那把枪直接扔给了陈开来。好日子还在后头，杜黄桥说，什么都不用想，一心跟牢我就是。

　　陈开来把枪接住后愣了一下，盯着杜黄桥的眼睛说，看样子你好像是要带我去抢钱？

　　废话少说。杜黄桥说，把枪收好！

　　那天，去火车南站的路上，赵前一直回想着刚才的一幕。就在要离开76号时，陈开来突然将他拦住，他看了看坐在后座的两个特务，很及时地抱怨了一句，办公室里刚才飞进了两只胡蜂，样子还真是有点儿凶猛。赵前于是想起，头一天去奉贤时，养蜂人曾经说过，他们最担心的就是碰见胡蜂，因为胡蜂会大规模地捕杀蜜蜂，并且劫走他们的存蜜，带去喂养自己的幼虫。

赵前把车开得很慢，他在考虑，陈开来刻意提到胡蜂，是不是在传递"捕杀"两字。那么，这个信息是否要去通知一下他的上线苏门？

杭州特工站来的客人名叫陆小光，他戴了一顶烟灰色的绅士帽子。在两名特工的引领下，穿过上海南站拥挤成罐头一样的人群后，在这天下午的一点零五分上了赵前的车子。

一名特工为陆小光打开了后车门。陆小光摘下帽子，弹了弹灰尘，只说出三个字：长钉弄！

赵前转动钥匙，在车子离开站前路之前，他透过后视镜，再次看了一眼后排的陆小光。

此刻，等候陆小光到来的杜黄桥就坐在长钉弄的云飞扬茶楼里。在二楼一个靠北的包厢里，他正和陈开来以及提前赶到的苍广连打着三个人的麻将。苍广连时不时看一下新买的手表，又看一眼坐他上家的杜黄桥。他感觉时间已经不短了，现在整条长钉弄都布满了自己的手下，可是杜黄桥依旧只顾着抓牌，关于任务的细节还是半个字也没说。那副样子，就连等待杜黄桥开口的陈开来也觉得，好像他已经遗忘了为什么要带人来到这里。

那天，赵前把车子停下，看了一眼云飞扬茶楼的招牌，正要按响喇叭时，却被陆小光给拦住了。顺着陆小光的视线，赵前很快见到急匆匆从茶楼出来的苍广连。他还看见陆小光掏出一叠照片，仔细扫了一眼，这才有点儿放心地交到苍广连的手中。赵前不会忘记，那叠彩色照片里，清一色全都是一个穿了灰色长衫的中年人，中年人好像站立在杭州的西湖边，头发被风吹得有点儿乱。

苍广连接过照片，转身去茶楼的路上，回头对赵前轻飘飘地笑了一下。

赵前于是觉得，留给自己的时间或许已经不多了。刚才去南站的路上，他最终给苏门打了一个电话，因为他记得苏门在昨天夜里曾经说过，明天要去完成一项接头任务。苏门还说，如果自己被捕了，最好是能够死在赵前的手里。可是赵前的那个电话没有联系上苏门，所以他现在隐隐感觉，眼前狭长笔直的长钉弄里，苏门的气息似乎已经降临了。

的确不出赵前所料。此时的苏门，马上就要来到长钉弄的弄堂口。在那片青石铺就的蜿蜒的路面上，苏门听见自己的高跟鞋敲击出悦耳的声音，类似于一种心跳。苏门这天是要与一个杭州过来的中年人接头，对方的代号叫"海叔"。她记得许多年前，自己曾经见过"海叔"一面。那次为了掩人耳目，苏门故意扎起一对羊角辫。"海叔"盯了她很久，最后说，小姑娘，你老家是哪里？真的想好参加革命了吗？

我去年就二十了。

苏门一把将辫子甩到脑后，她希望"海叔"能够看看清楚，自己其实不是那么孩子气。

你在做的事情，你爹他知道吗？

我听说你也有一个女儿，就被关在南京的老虎桥。苏门接着说，就在上个礼拜，我刚刚读过她在监狱里写下的一首诗……

但是苏门现在并不知道，前一天从杭州过来的"海叔"，其实已经暴露了身份。就在车到嘉兴的时候，76号杭州站便得知了他第二天要在长钉弄出现的消息。杭州站于是一个专线电话打给了杜黄桥，请求在抓捕时予以帮助。他们派来的是陆小光，他带来了一叠海叔站在西湖边的照片，还是彩色的。

下午的时光走得不紧不慢。在一家杂货铺的凉棚下，苏门掏出一面镜子，好像是为了整理一番自己的妆容。她将那些细碎的发丝重新塞进宽边帽子里，同时留意到，镜子里除了自己的半张脸，还有一直尾随自己的崔恩熙。崔恩熙看上去像个闲逛的路人，她今天带了三把枪，其中一把就塞在左脚的靴子里。

苏门收起镜子，注视了一眼铅灰色的天空，在崔恩熙看来，她像是要把这天下午的云朵给全部记到心里。午后的长钉弄无比寂静，苏门抬起高跟鞋，脚步迈出的一瞬间，一声清脆的枪响便在天空下毫无征兆地炸裂开来。

人群顿时慌乱起来。苏门看见，慌乱的人群中，许多早有预谋的面孔，如同一群黑色的鱼，刹那间就从不同的角落里迅猛钻出。

苏门不动声色地回头，她看了一眼崔恩熙，随即将帽檐压得更低。

如果时间可以倒退几分钟，坐在云飞扬茶楼结账台里的掌柜，或许能够见到二楼包厢中下来的陈开来。陈开来那时手中托着一把新疆运来的香瓜子，走下楼梯时偶尔会吐出一两片细碎的瓜子壳。虽然他看上去没心没肺，但是闲散的目光却和茶楼门口的赵前一起发现，抓了一叠照片的苍广连，此时正穿梭在一帮聊着天南地北的茶客中。苍广连努力让自己显得平常而且普通，可是他匆忙的脚步每停下一次，手里的照片就减少一张。于是在顷刻之间，那些混迹在茶楼中的手下拿到照片后，就全都跟泼到地上的茶汤一样，迅速散开了。

赵前好像根本没当一回事，他对陈开来笑了笑，抬腿走向一扇侧门时，带走一阵属于这天下午两点钟左右的细小的风。

陈开来没有停留，即刻跟上了那阵风。

在茶楼掌柜后来的独自回想里，那天仅仅不到一根烟的工夫，枪声便在侧门方向的几十米距离处炸响了。子弹是陈开来抢先射出的，这让赵前颇感意外。

赵前看见陈开来把枪收起，他擦了擦枪管，很随意地说出一句，接下去的戏，你来演！然后，陈开来就不见了身影。

那天，杜黄桥第一时间赶到了事发现场，他发现赵前抱着一个全身血淋淋的男子，一路狂奔着冲向自己停车的位置。杜黄桥将赵前拦下，仔细盯了他一眼，这才抬手扒开那名中弹男子的眼皮。那是他们行动处的一名手下，额头处有一块刀疤，如果杜黄桥没有记错，他应该是安徽歙县人。

杜黄桥的眉头深深皱起，他将沾上血的手指在墙上胡乱擦了一把，过了很久才盯着赵前的额头说，送去医院也是白跑一趟，人早就没气了。

在杜黄桥刀子一般的目光里，赵前有点儿不敢相信地将尸体放下。然后，他脱了带血的西装，告知杜黄桥说，一定是和对方遭遇上了，子弹是迎面射进胸膛的。

杜黄桥如同什么也没听见，只是快步走出一段路，捡起地上那枚子弹壳，掂在手上觉得它还是热的。

是不是柯尔特M1903？赵前说。

杜黄桥缓缓地笑了，转身望向尸体时，很快想起赵前的配枪应该是日式南部14。他想了想，最终不无忧虑地说，不仅出手快，消失得也快，赵公子，你说，咱们是不是碰到了一只猴子？

可是还没等他把话说完，长钉弄的另外一个方向，枪声再次响起。杜黄桥稍微愣了一下，紧接着，又听见一声沉闷的枪响。

没有人会知道，此时被苍广连堵在半路上的，其实就是急着离开现场的苏门。苍广连对苏门的背影太熟悉了，所以当他就快要追赶上苏门时，就毫不犹豫地把枪举起。苍广连的声音冰冷，说，苏督察，你这是要赶去哪里？

苏门怔了一下，停住脚步时考虑是否需要转身，同时她也开始在心里数数，数到第三秒的时候，果真就听见了一声枪响。此时她有十成的把握，子弹就出自崔恩熙的枪口。因为，在这种情况下，崔恩熙的位置，一定是在对方难以想象的方向。

事实证明，苍广连最终让杜黄桥失望了，杜黄桥因此很悲伤。

那天，站在杜黄桥的身边，陈开来看见后背中弹的苍广连瑟瑟发抖，像是在努力摇晃着一面漏洞百出的筛子。苍广连蜷缩在地上，十分惊恐地捂着自己的喉管。他的喉管处也开了一个不大不小的洞，相继涌出许多滚烫的血，看上去热情洋溢。这让杜黄桥一阵窃喜，却又装作无可奈何。他摇了摇头，把手笼进裤兜后，绕着地上的苍广连焦急地走了半圈。

杜黄桥站定，连连感叹，命运怎么会这样安排？苍广连，你真是太不小心了。

苍广连一阵惊讶，无助地爬行在地上。他那被子弹射中的脖子，看上去已经无法收拾。他对着杜黄桥乱糟糟地挥舞起双手，满嘴是血地想要表达什么，却无论如何也呜咽不出一个像样的字眼。这时候，杜黄桥就显得忧心忡忡，终于忍不住洒下一把热泪。他蹲下身去，耐心得如同手术室里的大夫，嘴里说，我的老战友啊，你到底想说什么？能不能大声一点儿？

苍广连于是在深刻的绝望中将眼帘垂下，在那阵显而易见的虚情假意里，他觉得，如果杜黄桥刚才说的命运可以重写，那么就在崔恩熙推着苏门跃上墙头的那一刻，后背已然中弹倒地的他，绝对会继续装死，而不会努力地抬起手腕，想要举枪击落墙头的苏门。而恰恰在那时，正要跳下墙头的苏门，抬手朝他无比准确地送出了一颗子弹。子弹像长了一双眼，直接钻进他的喉管。现在，他看见杜黄桥不停地擦拭眼泪，伤感得一塌糊涂。杜黄桥还一把拉过陈开来的手，说，来吧，兄弟，你来替我补一枪，来送咱们的苍队长上路。杜黄桥还说，不用犹豫，他现在就是一堆摆在哪里都显多余的废物。

苍广连脸上泛起前所未有的苍凉。他看见陈开来迟疑着不想开枪，但是杜黄桥却催促着他说，不用再等了，你倒是开枪呀。然后，杜黄桥十分有力地抓起陈开来的手，非常果断地帮助他扣下了扳机。

子弹钻进苍广连的心口，好像是钻进一只破旧的轮胎。

苏门在车厢里深深地吸了一口气。车子开得飞快，她看了一眼开车的崔恩熙，转头望向后视镜时，仿佛看见整个下午的时光都在风驰电掣般地后退。时间后退到长钉弄的弄口附近时，崔恩熙推着苏门跃上了那堵墙，然而，就在子弹瞄准苍广连并且离开枪管的那一刻，苏门却发现自己的一只高跟鞋突然从墙头滑落了下去。

正如苏门所担心的，现在杜黄桥就立在那堵爬满青苔的墙壁下，他将"海叔"站在西湖边的照片撕得粉碎。在那些纷飞的碎片里，分明见到了一只美丽动人的高跟鞋。黛染霜花的高跟鞋横躺在地上，显得有点儿孤独，但这并不妨碍杜黄桥及时想起，苏门就曾踩着这么一双一模一样的高跟鞋，踏上了"上海特别市政府"那段高高的台阶。

杜黄桥笑了，他眯起眼睛，似乎已经看见苏门那条蓝色的裙子，以及裙子下的玻璃丝袜。在那段陈旧的往事里，杜黄桥突然觉得，苏门闪亮的高跟鞋其实风情万种。

杜黄桥说，马上去苏督察家！

所有的车子全部发动，一无所获的陆小光再次坐上赵前的车子。在这个充满疑点的下午，陆小光开始认真思考，刚才杜黄桥身边那个有点儿青涩的男子，到底是谁？因为有那么一刻，他曾经感觉对方是那样的面熟，似乎和杭州有着千丝万缕的联系。

此时，陆小光闭上很久的眼睛终于睁开，他记起了杭州的春光照相馆，以及一个名叫李木胜的男子。那是一名潜伏了多年的共产党，尸体倒在那个冬天的雪地里。时间要是再往前一点儿，就是那个下午，他去春光照相馆冲洗照片……

李木胜的徒弟！陆小光突然叫出一声，他像一枚炸开的鞭炮，声音无比兴奋，说，赵公子我记起来了，那时候他胸前挂了一个照相机，他叫李木胜"师父"。

赵前却对啰里啰唆的陆小光一点儿也不感兴趣，他只是在车子开过一个十字路口时，突然加速，超过了陈开来的车子。他想，如果刚才长钉弄的接头人是苏门，那么苏门现在未必能赶回到家。

他叫陈开来，是共党的奸细！陆小光继续激动地说。

赵前一脚刹车，盯着陆小光吼了一声，你在胡说什么？

我说杜队长身边那小子是奸细，你们都被蒙在了鼓里。

赵前顿时就笑了，他猛踩一脚油门，说，陆小光，你不要跟春天里发情的黄狗一样到处咬人。

杜黄桥觉得非常奇怪，因为他突然看见赵前超越过去的车子冒出一股浓烟，然后就跟没长眼睛一般横冲直撞，如同一头愤怒的公牛。

赵前的车子已经超越了所有车辆，突然一个刹车。陈开来看到赵前的车子停了下来，横在了车队的前方。接着，赵前车内传来几声枪响，车子的后窗玻璃即刻就碎了。

赵前推开车门后，就像一个被人抛弃的包裹般滚落到地上。那时，他的肩膀已经连中两枪，看上去像两片血红的夕阳。而车内的两名特工和陆小光，却迟迟没有动静。赵前慢慢地移动着身体，接着，他靠在车子的尾厢上，哆哆嗦嗦地掏出一支555牌香烟衔在嘴里。他看了一眼车上的陆小光，庆幸这个"远道而来"的杭州人已经跟断气的黄狗一样死透了。

赵前对着天空美美地吸了一口烟。陈开来看见他手里那只勉牌打火机在黄昏下是金黄色的，而赵前肩膀上那些暗红的血，正无法挽留地滴落到他那双崭新的牛皮靴上。

杜黄桥扒开人群冲了过去，不由分说地连开两枪，一枪击中了赵前的右脚背，一枪击中了赵前的左膝盖。赵前的牛皮靴碎了。杜黄桥却笑了。杜黄桥说，赵公子，你不是喜欢跳舞吗？那你再跳一个给我看看。

陈开来看见赵前跪倒在这一年春天的马路上，风吹得很慢，行道树的叶片，正绿得发慌。赵前跪在地上，看见泥土一片潮湿，而一抬头，就能看到天空开始慢慢旋转。他见到陈开来的一双眼有点儿湿润，所以在跪了一会儿后，就猛然立起，双手伸向背后拔枪。

杜黄桥大惊失色，将枪里的子弹全部送进了赵前的胸腔。同杜黄桥一样，所有特工的枪都开火了，无数的子弹把赵前整个人打成一个马蜂窝。终于，赵前血肉模糊地委顿在地上，只有带血的眼睛，还炯炯有神地看着前方。

　　等到丁阿旺犹豫着上前时，才发现赵前的背后其实根本就没有枪。而且车内的两名特工和陆小光，已经满身是血，死透了。

　　他原来是想求死。丁阿旺看着杜黄桥，声音说得很轻，他就是想死。

　　陈开来的眼里只剩下疲倦的夕阳。他明白，赵前早就已经想好，要用死来为他荡平所有的道路。而此刻，赵前的脸上依旧挂着一丝笑容，就像那天他说，我这一辈子，只搭好兄弟的肩膀。赵前的手上都是凝成了血浆的血，他手中的那只打火机完全被一汪黏糊糊的血浆粘连着。

　　这时，杜黄桥像是突然明白了什么，大喝了一声，快！绕过去，去苏督察家！

22

苏门已经到家。她清楚，只有在家里，是不需要任何人来证明她在或不在的。下午刚刚戴过的黑色羊毛呢钟形帽子已经被她在途中处理了，此刻，她正在回想是否有其他需要补救的细节时，杜黄桥的车子已经匆匆开到了门口。所有特工都下了车，杜黄桥看了看天色，他向行动队的特务们慢慢地举起了双手，然后又轻轻地往下压了一下。所有直属行动大队的特务就又重新坐回了车里。杜黄桥十分明白，苏门再怎么着也是南京派过来的，不能造次。

门铃响起，在杜黄桥和陈开来等待崔恩熙开门的时间里，苏门给自己倒了一杯黑方。

将酒杯托到手里，苏门轻轻荡了荡，听见唱机中的音乐恰好是自己满意的音量。

推门踩进院子的那一刻，杜黄桥抽了抽鼻子。他抬手将一双细软的皮手套盖到嘴前，好像生怕会在刚刚降临的夜晚不小心着凉。

客厅里灯火通明，落地玻璃窗的帘子拉开一半，杜黄桥见到的苏门，正在那片光洁的地板上跟随交响乐翩跹起舞。苏门打着一双赤脚，脸上化着比较淡的妆，她那靛蓝色水渍纹缎料的旗袍，正好遮盖到了膝关节。

杜黄桥不愿浪费时间去敲门，对着洞开的窗口直接叫了一声苏督察，可是在那阵激昂的舞曲声里，独自转圈的苏门似乎充耳不闻。

是我太斯文吗？杜黄桥对陈开来扯了扯嘴角，说，要么就是我这个男人太令人讨厌，人家装聋作哑。

走向窗前的时候，杜黄桥一直死死盯着跳舞的苏门。他发现这女人可能在热烈的舞曲中沉浸得太久，所以蓝色旗袍上那片半寸高的小圆角领子，一粒花样百出的襻扣已被她解开。是该透透气了，杜黄桥盯着苏门的脖子，觉得它因为热气腾腾而显得迷人生动，心里又替她想，一个人这样演戏也是很累的，何况是这种生死攸关之戏。

发现客人到访的苏门诧异着奔向窗口，身上带起的一阵风让杜黄桥闻到一股法国香水的味道，似乎是柠檬、橘子以及薰衣草的配方，有那么一种说不出来的清凉。杜黄桥却掩了掩鼻子，尽量扫一眼灯光下亮闪闪的地板，然后努力把头低下去，终于想出一句能让自己满意的台词，不用香水的女人没有未来。我猜苏督察刚才在跳的，是施特劳斯的圆舞曲。

他又敲了敲脑门，盯着陈开来问，帮我想一下，是不是什么《蓝色的多瑙河》？

苏门灿烂地笑了，在将那粒襻扣比较得体地扣上之前，她想，现在面对杜黄桥，最好的回答就是什么也不说。

杜黄桥止不住笑了，他靠在玻璃上再次搜索了一眼地板，最终，视线回到苏门的赤脚上，开口道，怎么，苏督察难道就不冷？

跳舞的女人从来不怕冷，你有没有听说过"热舞"这个词？

苏门微笑着，低头弯腰时，一双高跟鞋已经被她从脚边遮盖的窗帘下提起。她又把鞋子套上，看了一眼桌上的那杯黑方说，刚开了一瓶上好的洋酒，你们是不是早就闻到了？

杜黄桥忍不住一阵惊讶，就像他见到踩上高跟鞋的苏门，突然就隔着那层玻璃，在自己的两米开外长高了一截。他仔细盯向苏门脚下的鞋子，那对黛染的霜花似乎在提醒他，这个夜晚已经远远超出了自己的想象。

可惜今天没有口福喝酒。杜黄桥阻止了想去开门的苏门，又换了一种凉薄的声音说，我们过来是想告诉苏督察一声，今天出了点儿事，有个共党分子逃脱了，我们正在四处搜查。

苏门让脸上的笑容凝固住，内心却是一阵欣喜。既然杜黄桥这么说，那么可以断定，"海叔"也是安全的。所以她望向杜黄桥转身的背影时，声音中有许多挽留的意思，说，既然这么劳苦，那就更应该进来喝一杯。然而却听见杜黄桥头也不回地说，免了。

那天，陈开来最终还是留了下来，不是因为黑方，而是因为苏门说，让陈开来留下！杜黄桥问，为什么？苏门说，不为什么，让他顺便为我拍几张照片，不可以吗？杜黄桥的脸上慢慢地浮起了笑意，话里有话地说，苏督察今天真是有连绵不绝的雅兴。说完，杜黄桥就转身离去，只留下陈开来还站在原地。他的耳朵里还在嗡嗡地响着傍晚时分的枪声。

陈开来始终沉默着，似乎被一种无形的虚脱所征服，他很想把自己放倒，在苏门的沙发上一直躺到天亮。这让苏门隐隐意识到，可能什么事情已经发生。但是苏门什么也没问，她只是浅浅地笑笑。关上吊灯的时候，在那盏落地灯柔和的橘黄色光线里，她说，你今天看来有点儿累。

说完，苏门仰头一口把酒喝下，这才觉得深刻的疲倦也已经从脚底升起。她似乎也想把自己放空，如同那只捏在手里的空空的酒杯。然后她想了想，干脆重新把鞋子给.

脱了，赤脚拎着酒瓶子，在客厅里走了一圈。她忘了给陈开来倒酒，自己对着酒瓶微微扬起下巴，直接抿了一口，这才勾起那双高跟鞋，笑眯眯地问陈开来，你是怎么知道我的尺码的？

陈开来把眼皮抬起，说，我同你讲过，一个拍照片的男人，眼睛向来很贼，不差分毫。

苏门于是再次想起，有一天，陈开来摇摇晃晃地离开特工总部前，抽空儿进了她的办公室。他把装了一双鞋子的纸盒放在矮柜上，说，你左脚鞋子上的黛染，昨天跳舞时磕碰划开了一道口子。

苏门愣了一下，说，怎么我自己都没发觉？

因为你眼睛没有我那么贼。陈开来说。

在苏门替陈开来倒了杯酒，给唱机换上一张唱片的时候，她觉得这一晚的夜色有点儿浓。她同时想起，那天赵前去米高梅舞厅和陈开来见面接头后，很快就给了她一个电话。在那个电话里，赵前说，"断桥"是可靠的。

回到76号的杜黄桥即刻出现在李默群的面前。李默群这回把所有的窗户都打开，好像要把办公室里的空气全部换成新的。他手上拿着一根粗壮的雪茄，缓慢而平静地抽着。隔着那堆烟雾，杜黄桥望着李默群若隐若现的脸，毫不犹豫地说，姓苏的女人肯定有问题。

说完，杜黄桥把那只鞋子摆到了李默群的桌上。

李默群把台灯打开，盯着那只似乎高冷又倔强的鞋子看了很久，最后说，我还真没有看出，这么一只鞋子能有什么问题。

可是我哪怕闭上眼睛也能看出。杜黄桥说，相信我一次，鞋子上有她同样的香水味道。你晓得的，法国香水，味道一直很长久。

李默群差点儿被咬在嘴里的雪茄给呛到了。等到烟雾散尽以后，他却咻咻地笑了，说，想不到你还有这种爱好，喜欢闻一个女人脚底板的味道。这事我不会传出去，除非你能从这只鞋子上，给我找出"苏门"两个字。

那一刻，杜黄桥真想狠狠地敲一敲桌子，不过他最终还是把自己给劝住了，只能望向窗外，悻悻地说，难道就这么算了？

我一直跟你说算了。

可是姓苏的已经是我眼里的一枚钉子，我每天睁眼闭眼，眼睛都会痛。

那就跟你的眼睛商量一下，以后不许再痛。

李默群把雪茄放下，又说，我再同你讲一次，只要是面对南京过来的人，你就好好跟我学，学习做一个睁着眼睛的瞎子。难道你忘记了？这方面你是老手啊，在那个叫仙什么的澡堂里，你一直是这样的呀。

那天，杜黄桥也累了，他什么也不想再说了。而且他知道，这个下午发生的赵前叛逆一事已经着实让李默群心烦，据说情况已经上报给了南京。那么接下去要做的，是要将事件做一次粉饰。

杜黄桥已经考虑过，明天向南京上峰提交详情报告时，关于苍广连的表现，就一笔带过。一个已经死去的人，需要那么多功劳干什么？那么，此次事件中起到关键作用的，是他一手培养起来的陈开来。是陈开来首先发现了赵前的嫌疑，并且在那样的危险境地中，一直咬着赵前的车子追赶，最终将他逼入了绝境。

你那么高抬陈开来，会不会有点儿私心？

举贤不避亲，杜黄桥回答，这小子在南京时和我出生入死，我把他当兄弟。

李默群缓慢地笑了，他觉得杜黄桥说得有点儿急。

要给活着的人一点儿盼头，杜黄桥接着说，其实立功也只是画一块饼，吃了上顿不一定有下顿，但我兄弟陈开来，理应赏到这块饼。

李默群于是说，讲得有道理。

23

在深夜的寒冷真正到来之前，陈开来终于没能忍住心中的伤感。他掏出赵前遗留在现场的打火机，靠在苏门的沙发上久久地捧在手里，似乎不用打出火苗就能散发一些余温。苏门于是什么都明白了，她说，曾经，我也有这样一只打火机，可是后来我把它给弄丢了。

苏门坐到落地灯前，举起打火机点燃一根烟。烟雾散开，留给陈开来的是她暗淡的背影。

她翻阅起一本和赵前一模一样的《飞鸟集》，而且她似乎只盯着其中的一句：只有流过血的手指，才能弹出世间的绝响。

苏门让打火机一直燃烧着，她特别喜欢那种航空煤油的气息。最后，她恍恍惚惚地，又开始在地板上跳起了优美的圆舞曲。她跳得非常认真，仿佛眼前的客厅就是燕京大学的舞厅，而舞厅里就站着一个愿意陪她跳一辈子舞的赵前。苏门跳着跳着，一不小心就摔倒了，膝盖上碰出一团血。然后，她对陈开来笑笑，扶着地板站起来又跳。她让陈开来把唱机的音量调高，直到因为不停转圈而将细嫩的脚皮给磨破了一层，渗出另外一些新鲜的血。

苏门倒在地板上，看着那些触目惊心的血，仿佛感觉到那是赵前身上流出的。她犹豫并且诧异着对陈开来说，我今天到底是怎么了，为什么会流这么多的血？

苏门惊慌失措地微笑着，她让陈开来将自己扶起。

但是尽管这样，抓着陈开来的手艰难地走了几步，在沙发上无力地躺下时，苏门还是提醒自己要忍住，不能让眼里流出一滴泪。

陈开来看着她的好几处伤口，说，痛吗？

苏门含着一点点泪花，摇头笑着说，一点儿也不痛。

又一个清晨很快到来，让人凉得像是刚从河里被打捞上来。

在对赵前绵延不绝的思念中，苏门踩着一阵风走向某一条僻静的弄堂。躲开那些散漫的晨起者的目光，就要踩进一幢石库门房子的石条门槛时，苏门突然有点儿慌，好像害怕面对这个雾蒙蒙的早晨。她把迈出去的脚收回，觉得脚底是软的，整个人都是空的，所有的力气都被眼前的风给吹走了。

缓缓靠向一截砖墙，苏门无助地望向砖缝里唯一的一株娇小的青草。她看见草在风中摇晃，就长在一片狭窄的青苔里，头顶着这个清晨最为瘦小的一滴露珠。

这时，苏门终于哭了，两行泪珠不由自主地流下来。她一个人哭了很久，扶着那段墙壁，几乎瘫坐到了地上。

后来，苏门鼓起勇气，在那个狭小的亭子间里，见到了独居的沈克希。沈克希异常清醒，望着她说，谢谢你这么早过来。

你是不是已经知道了？苏门把脸转过去，她担心还会降临另外一场泪水。

我晓得了。沈克希竟然微笑了一下，很轻地说，我在为他守灵。

过了一阵，沈克希又说，但是你刚才敲门的时候，我还以为是他回来了。

苏门把牙齿咬得很紧，她不希望自己哭出声来。

窗前漏进来的阳光缓慢地移动，在那似乎是虚构出来的光线里，沈克希打开那个透明的罐子，将许多蜂蜜一勺一勺地送进嘴里。她原本因为熬夜而干裂的嘴唇现在渐渐变得细腻，但是她眼含热泪，笑着对苏门说，谢谢你替他送来的这些蜂蜜，很甜。之前我都舍不得吃。

很久以后，苏门从包里掏出一本《飞鸟集》以及那只勉牌打火机。她花了很长时间，才把《飞鸟集》的封面给按压平整，然后说，这些都是他的，你收好。

沈克希闪着泪花，她看上去是幸福的，说，谢谢你把它们还给我。

他很爱你，爱得无与伦比，苏门转过头去说，简直让人嫉妒。

但他更爱他心中的理想和信仰。这么多年，一直深埋在心底，排山倒海。所以，我会替他战斗下去。

就要离开亭子间时，苏门给了沈克希一朵纸扎的小白花，她说，我还会再来的，为了同你坐在一起。还说，我们以后要经常在一起。

沈克希将纸花摆到桌上，那里安放着一张赵前的照片。照片里，赵前站在燕京大学的大门前，穿着学生装青春无邪地笑着。沈克希说，有件事情拜托你，以后如果我也牺牲了，麻烦你帮我们照顾孩子。

苏门转身，一个字也没有回答。

他叫赵小前，再过几天就六岁了，现在住在徽州，就住在他外公家。

此时的苏门已经走到门口。背对着沈克希，她终于说了一句，我不会让你牺牲。

如果你去看我的孩子，最好替我带些蜂蜜过去。

苏门最后听见沈克希说，因为这孩子，从没喝过一口我的奶水。

24

南京的嘉奖令三天后到了上海。

杜黄桥兴奋地弹奏起三弦。在这个安静的午后，他的办公桌上安静地躺着一块铜质五等同光勋章。那是上午十点钟光景，李默群主任在76号礼堂亲自颁发给陈开来的。穿着西装的李默群似笑非笑，上台给陈开来颁勋章的时候，陈开来看见他一双手白净、丰厚而且温软，像是一个养尊处优的戏子。然后，陈开来便听见，台下那些聚集的特工中响起一阵经久不息的掌声。

杜黄桥此刻在弹的是一曲《春江花月夜》，也许是因为开心，他弹得激越并且摇晃着身体。陈开来无比沉默地坐在他对面，那把杜黄桥曾经借给他的手枪，现在安静地躺在办公桌上。他现在才知道，在上报给南京政府的材料中，杜黄桥赞扬了他的赤胆忠心，以及揪出危险分子赵前时，英勇地连开数枪将其击毙。

弹完曲子，杜黄桥望着一声不吭的陈开来笑了，收起三弦说，你晓得吗？我比自己立功还要开心。

为什么？

因为我是你师父。

就在这时候，窗玻璃上溅起几粒细小而晶莹的雨滴，斜风摇动起窗外的树枝。杜黄桥慢慢收起了笑容，他把桌上那块铜质勋章再次别在了陈开来胸前的衣襟上，温和地说，在想什么？

陈开来说，我不晓得以后怎么在丁阿旺他们面前做人，我脸皮薄。

人情比脸皮更薄。杜黄桥说，有了这块铜牌，你以后在特工总部就会有光辉前程。

我一个拍照片的，需要什么光辉前程？

杜黄桥脸上的笑容再次收起，他盯着陈开来的眼睛，强调了一句，活着就需要光辉前程，不然就是浪费时间。然后，他搂着陈开来的肩膀，说，兄弟齐心，其利断金。赤那，今天必须喝一杯！

那天，杜黄桥推着陈开来，一直把他带到了宝珠弄里一处普通的石库门民居中，独门小院，门楣下写着"秋风渡"三个字。陈开来在客堂间坐下发了一阵呆，他想，原来杜黄桥现在一个人搬到了这里，所以每次下班以后，没有人知道他去了哪里。

回家的杜黄桥如同变了一个人，他给陈开来倒了杯水，便扎上围裙，十分忙碌地穿梭在客堂和灶披间之间。

没过多久，他就像变戏法一样端出了好几个热菜，并且温了一壶黄酒，利索地捧出一些精致的碗筷。杜黄桥擦了把汗，对陈开来说，我让你来猜一猜，今天还有什么要上桌。

陈开来没有想到的是，杜黄桥最后为他准备的竟然是一碗热气腾腾的扬州炒饭。而就在他拿起筷子的时候，杜黄桥却突然将他拦住。杜黄桥说，等一等，你还没见到更重要的。

这时，挡住灶披间的那块布帘被杜黄桥慢慢拉开，里头随即走出一个安静的女子。陈开来顿时愣住了，他无比惊讶地发现，走到杜黄桥身边的竟然是杨小仙。杨小仙居然还活着！她对陈开来微笑，样子十分迷人，解下围裙的时候说，好久不见，听说你还记得我的扬州炒饭。

陈开来一句话也说不出口，他只是发现，杨小仙的围裙就是杜黄桥刚才扎在身上的那条。而解下围裙以后，杨小仙的肚子似乎微微挺起，好像是长胖了一圈。这让陈开来迅速想起，仙浴来澡堂里杨小仙曾经被打烂的一张脸，以及扣在她头发上的一只血淋淋的发夹。那么，现在事实很明显，当初被扔上篷布车的其实根本不是杨小仙，那是另外一具尸体，或许只是被杜黄桥套上了一件杨小仙的衣裳。

原来小姨娘没死。陈开来说。

那你就不能开心一点儿？杜黄桥哈哈大笑，像是一只声音沙哑的喇叭，他说，你不能再叫小姨娘，她现在是你师娘。

陈开来跟着笑了，说，你让我再仔细想想，她到底怎么就成了我的师娘。

事实上，陈开来就是有再好的想象力也不会猜到，早在杜黄桥还是仙浴来澡堂里的半个瞎子的时候，有一天他就搂着杨小仙，把她带到了自己的床板上。那天，杨小仙喝得有点儿多，全身软绵绵的，想要推开杜黄桥时却发现他平常弹拨三弦的手劲道十足，自己像是捏到了一把铁钳。然后，杜黄桥十分仔细地，一粒一粒地解开杨小仙衣服的扣子，动作非常熟练。他说，别动，我不会让你后悔的。杨小仙迷迷糊糊的，好像看见一团毛茸茸的月光，就在窗口像苏州河涨潮的春水一样流淌了过去。在被杜黄桥压倒之前，她还在回想着澡堂里今天收了多少竹筹，自己的账本是不是给锁好了。但是，兴致勃勃的杜黄桥没过几天便发现，杨小仙竟然是重庆那边安排下的，她在澡堂里负责军统据点的幕后工作。而且她收在手里的竹筹，有几根是空心的，里头藏了一些秘密的情报。为此，杜黄桥挣扎了很多天，终于，在另一个夜晚，他将一叠钞票推给杨小仙。他让杨小仙赶紧离开上海，说，现在走还来得及。

杨小仙笑得有点儿凉。她原本以为眼睛不好的人心肠总是靠得住的，但是没有想到杜黄桥竟然踢她踢得这么快。

去余杭，那里是我老家。杜黄桥说，以后我会来接你。

你还有家吗？以后是哪一年以后？

杜黄桥被杨小仙给问住了，考虑了很久，他才站起身子说，明天等你们军统局人员在澡堂里到齐时，特工总部的收网行动就要开始了。他还拔出一把枪压在了钞票上，说，要是你觉得瞎了眼撞上了一个狗汉奸，那你现在就可以开枪

杨小仙吓了一跳，惊恐地犹豫着把枪提起的时候，觉得里头的子弹是填满的。她退后一步，把枪口抬起，不由自主地瞄准了杜黄桥。

不用担心，杜黄桥看着杨小仙的枪口说，现在弄堂里一个人影也没有，等你开完枪，有足够的时间离开这里。

杨小仙抓枪的手战战兢兢，她看见准星里的杜黄桥果然一动不动，他还说得很认真，死在你手里我一点儿也不后悔，因为你是我这辈子唯一动心的女人。

月亮明晃晃地升起，杨小仙整个身子都抖了抖，感觉

有一些灰尘落到了眼里。过了很久，她瞥了一眼自己的肚子，说，你让我再想一想。

杨小仙想的是，自己已经有了杜黄桥的孩子。

在被杜黄桥偷偷养起来的时间里，杨小仙开始更加努力地学习烧饭和做菜。她成了一个细致的家庭主妇，上午的时光主要是洗衣熨衣，到了下午，经过一场午休后听一阵唱机。她主要听越剧，有时候也听京剧，还不时抚摸着渐渐浑圆起来的肚皮，跟着筱丹桂或者孟小冬唱上一曲，直到一双手叉着后腰，把自己唱得大汗淋漓。

那天，陈开来一直望着杜黄桥和杨小仙，觉得房间里的一切都井井有条，所以，他有点儿嫉妒地说，原来你们把日子过成了牛郎织女。

杜黄桥笑了，心满意足地呷一口酒，瞪了他一眼说，现在为止你还没叫过一声师娘，是不是她长得不够漂亮？

陈开来盯着杨小仙说，我见到的师娘从来没有这么漂亮。不过我也在想，这种桃花运是怎么被你给撞上的？

杨小仙的脸红了一下，低头望一眼笑眯眯的杜黄桥。陈开来觉得，偷偷过日子的杜黄桥已经成了神仙。他的胡子现在刮得青光光的，抓起两颗花生米扔进嘴里时，似乎已经是一个和蔼的父亲以及与世无争的男人。

天不绝人，我们杜家终于有后了。杜黄桥嚼着花生米这么说着，就跟陈开来提起了自己的余杭老家。他一家十几口，包括一双父母、一个弟弟、一个妹妹，以及妻子和两个儿子在内，全部被日军的飞机炸死了。他说，守城的国军一枪不发就撤了，我弄他个大爷的。他还想起南京保卫战中，自己身上有七个枪眼，连腿上都有两三个子弹洞。但他带着仅剩的十八名战友要撤退时，却被告知退路已经被上峰下令给封死了。

陈开来于是也想起，那年作为南京守城部队的随军记者，面对一颗呼啸过来的炮弹，是杜黄桥摘下自己的钢盔，一把扣到他头上，并且瞬间将他扑倒在了泥地里。那次杜黄桥骂得很凶，咆哮成一头狮子，说，你是不是不要命了？随后，日军攻进南京城，双方展开了巷战。在一次小规模的冲突中，陈开来从一堆尸体中拖出就剩一口气的杜黄桥，手脚忙乱地叫来了军医。那时候，杜黄桥嚅动着半片嘴唇，说，这是在哪里？我的眼睛怎么看不见了？最终，在那片不知是白天还是黑夜的战场上，陈开来和杜黄桥被打散了，两个人各奔东西……

现在，杜黄桥眼中闪着泪光，无比幸福地盯着杨小仙的肚皮，说，老天爷不会想到，我杜黄桥不仅没死，现在还有了一个儿子。

杨小仙不作声张地看了杜黄桥一眼，她给孩子准备的衣裤是粉红色的，因为她觉得躺在自己肚子里的是女儿。后来她走去卧室，给陈开来捧出了一套洋服，那是她在王兴昌的呢绒洋服号用德国进口的"孔士牌"马裤呢为陈开来定做的。杜黄桥说，这是你师娘偷偷积攒了钱买的，她说你是全上海最标准的身材。陈开来就在这样的温暖里把洋服穿上，站在吊灯下在两个人眼前转了一圈。他看见杜黄桥和杨小仙都一阵喜悦，杜黄桥感叹道，你要不是我徒弟，我就直接认你当小舅子了。

陈开来喝得稍微有点儿多，感觉头顶的吊灯投射出一丛细软的光线，打在身上暖洋洋的。

两个人在这样的光线里酒过三巡，杜黄桥再次掏出了那把曾经借给陈开来的手枪。

这是勃朗宁M1910，一斤二两重，能装六发子弹。我现在正式送给你。带枪的人永远是处在危险中的，为此，我犹豫了半天。杜黄桥抚摸着枪管说，想了半天，还是给你吧！兵荒马乱的，可以防身。不过你记住了，用枪要稳准狠，还要快。知道什么叫快吗？

出手要快。陈开来说。

还有一种快，叫先下手为强。把枪交给陈开来的时候，杜黄桥又说了一次，先下手为强！

那天，把陈开来送走，杨小仙望着树枝间半个碗口大

的月亮，对杜黄桥说，一个好汉三个帮，你要对陈开来好
一些。

杜黄桥说，要我对人好，标准只有一个。

什么？

对我忠诚！

25

特工总部直属行动大队在长钉弄的设局围捕，后来被记者大篇幅登上了《字林西报》。陈开来发现，在整版大肆宣扬的文字里头，竟然有自己的照片。照片里，他佩戴勋章，眼神似乎很茫然。

消息登出的当天，在照相馆二楼的暗房，金宝靠在门板上，咬开一粒瓜子不屑地说，听说你杀了个共产党，你真有本事。

金宝吃瓜子的时候，把所有嗑出来的瓜子仁都摆放到左手，聚集成一团。然后，她对着手掌吹了一口，在把成群的瓜子仁倒进嘴里之前说，你得了多少奖金？可以还我那五千块了。

陈开来正在收拾一堆洗好的照片，那里有苍广连可怜的尸体，也有在76号礼堂里给他颁发奖金的苏门。陈开来盯着照片，觉得苏门的那双眼炯炯有神。

我在跟你说话。金宝嚼了一口瓜子仁说，你是耳朵聋了还是立功以后架子变大了？

陈开来望了金宝很久，他说，你当心一点儿，他们

76号一样要对付军统。

金宝想了想，说，你更应该小心一点儿。

但是金宝没有告诉陈开来，就在刚才，她和陶大春见面的时候，陶大春说，你们照相馆那个陈开来，现在是特工总部的红人，待在你身边，还不如我趁早把他给杀了。

杀谁也不能杀他。金宝说，这人说不定是可以争取的。

陶大春很轻易地笑了，说，你这样很危险，你好像对这个汉奸有感情。

金宝很久没有说话，最后她警告陶大春，没有我同意，谁也不能动手。

陶大春摇头，他觉得在这件事情上，自己还是很替金宝担心。他觉得，深陷在感情里的女人，大部分都是瞎了眼了。

一九四二年的春风在上海彻底深入，陈开来也在特工总部如鱼得水。丁阿旺记得，那段时间里，陈开来穿了一套据说是杜黄桥送他的德国料子洋服，所以他经常把一双手笼在质地优良的裤兜里，在很多办公室之间姿态悠闲地进进出出。陈开来一般是给大家随便拍几张意想不到的照片，要不就是摸出一把进口的浓情巧克力，一颗颗地分给行动队的那帮兄弟。

自此，陈开来平静的生活似乎浪花迭起，他甚至因为是照相师的关系，能经常面见李默群，在他办公室聊一聊类似春天花粉过敏或者跑马场里该挑选哪一匹快马的话题。坐在李默群的面前，陈开来透过雪茄烟雾以及洁净的玻璃，看见院子里的树枝涌现出一排排的嫩芽，有那么一种欣欣向荣的迹象。但他同时也觉得，自己正一步步陷入更深的暗战，这种情况就像那些树木隐藏起来的根系，默默生长在常人无法目睹的暗黑的地底。

　　回到照相馆以后，陈开来开始在暗房里研究起照相机的改装。他把一台好好的相机拆得七零八落，让那些细碎的螺丝在桌台上到处滚来滚去。金宝有一次在他背后冷冷地看着，说，你想当照相机设计师？要是有这本事，你还拍什么照片？干脆去南京路找家店铺卖卖相机。

　　陈开来笑了，身子往后一仰，舒展地靠在椅背上，懒洋洋地说，我现在空闲得像一颗刚刚拆下来的螺丝，有本事你就抓紧教我跳舞。

　　金宝于是重新开始教陈开来跳舞。在米高梅舞厅，陈开来买了很多金宝的舞票，他整晚搂着金宝的腰，在灯光绚烂的舞厅里，死皮赖脸地学会了快三慢四再学探戈，学会了圆舞再学伦巴。直到疲惫的金宝把头搁到他肩膀上，说，我累了，你应该请我吃一碗馄饨。

突然有一天，舞厅散场后，金宝带陈开来去见了一个披头散发的女人。那人坐在一盏路灯下，满嘴胡言乱语。金宝把她油腻的长发给撩开，说，能看出她是谁吗？

陈开来终于认出这是莎莎，也就是那个朱大黑。眼前的莎莎好像已经疯了，金宝说，她被六个男人给强奸了。你知道指使的人是谁吗？金宝盯着陈开来的眼睛问他。

陈开来想了想说，知道。

那你说是谁？

杜黄桥。

金宝就把头昂起来，一直望向天空的最深处，似乎那样就可以不再听见莎莎凌乱的话语。莎莎在翻来覆去地数着两张脏分分的钞票，不停地嘀咕，广连怎么还不回来，他说过要养我一辈子的，他还说要连我爹娘一起养。

莎莎说完，动作麻利地翻滚在地，四肢着地，像壁虎一样麻利地爬向另一个角落。她发现不远的一只窨井盖边上，有人刚刚扔下半块发霉的葱油饼。

金宝开始动员陈开来，说，希望你加入我们军统局的阵营。

陈开来什么也没说，只是摇了摇头。这时，他看见津津有味吃着葱油饼的莎莎突然惊恐地号叫起来。莎莎说，快跑啊，杜黄桥来了！

从弄堂口闪出身子的其实是陶大春，他把枪口顶住陈开来的额头。

陈开来不紧不慢地笑了，盯着陶大春说，杀我有什么意义？还浪费你的力气，说不定溅你一身血，糟蹋了你的衣裳。

金宝挡开陶大春的枪口，说，你不能杀他，因为他买了我的舞票，还欠了我一堆钱。你要是杀了他，人死账烂，你替他还钱？

陶大春觉得有点儿伤感，一边缓慢地放下了枪，一边说，你只要不怕危险，就留着他。

危不危险我心里知道，金宝说，总之在他还上欠我的钱之前，他不能死！

苏门踏进照相馆时，陈开来迅速将暗房的门锁上。但苏门后来还是进去了，在暗房如同残阳一般血红的光线里，她看见自己的照片差不多要挂满整面墙壁，或者说，墙上都是不同的自己。

苏门数了数，总共有七十九张。

那时，金宝就站在照相馆的门口，她吐出两片瓜子壳的时候，非常不屑地看着瓜子壳飘落到地上。她想起陈开来曾经对自己说过，以后总共要拍一百张苏门的笑脸。于是金宝猜到，陈开来之所以买她那么多舞票，为的还是以后能请苏门那个女人跳舞。所以，她曾经阴恻恻地看着陈开来，说，你那是想吃天鹅肉。

苏门把墙上所有的照片都看完，很长时间里一句话也没说。后来她拿走一张自己赤脚在家中跳舞的照片，转身对陈开来说，跟我出去一趟。

陈开来站着不动，说，你先把照片留下。

苏门说，我付钱给你总可以吧？

这跟钞票无关。陈开来说，这是我拍的照片。

那天，苏门把车子开向了郊外，等到视野一片开阔的时候，她从坤包里取出另外一张照片，交给陈开来说，你认得吗？

陈开来将照片拿在手里，准确地说，只是半张。然后他一下子蒙住了，因为那是一截杭州西湖"断桥残雪"的照片，照片中的断桥，正好被撕断了一半。他很快想起自己的口袋中，也有一截这样的照片，此前就夹藏在李木胜的笔记本里。

将两截照片向中间推移，它们果然就天衣无缝地接在了一起。但他还没来得及兴奋，苏门的手枪就指向了他的头顶。苏门已经和"海叔"重新接上头，她从"海叔"那儿知道，真正的李木胜已经死在春光照相馆门口。所以，她现在有理由怀疑，是这个冒名顶替的陈开来，当初出卖了沈克希。

陈开来辛酸地笑了，差点儿把眼泪给笑出来，他说，如果我是敌人，为何不早点儿告诉杜黄桥每一个可疑之人？还有，赵前和我在舞厅里接头，当天夜里就会被捕。

这还不能让我足够相信你。

那么让我去死，跟我师父李木胜那样去死，跟我兄弟赵前那样去死。这样够了吗？你能满意吗？

赵前是你杀死的！

我倒宁愿替他去死。实话告诉你，那天在长钉弄，开出第一枪的是我，不然杜黄桥的计划早就已经得逞。还有，赵前是因为我而牺牲，他除掉的那个陆小光知道我在杭州的一切。赵前也是因为你而牺牲，因为如果他不用车子挡住杜黄桥的路，说不定杜黄桥赶到你家时，你还没有到家。如果你不在家，又不在76号，那么没人为你证明你在哪儿。

苏门把枪放下，她现在可以相信赵前所说的，"断桥"是可靠的。事实上，此前她已经向组织征询了意见，如果陈开来意志坚定，可以正式接纳为自己的下线。

三天后的下午，苏门同意陈开来成为新任的"断桥"，替李木胜完成未竟的事业。她告诉陈开来，拿到"沉睡计划"只是第一步，接下去还需要寻找一位留洋归来的教授，并且将他护送去延安。

你就是"戴安娜"。陈开来说。

苏门没有回答，只是说，李木胜和这个留洋的教授是老相识，现在他牺牲了，我们就失去了优势。

他是我永远的师父，陈开来望向苏门，说，以前当他的徒弟，我还不够格。但是从现在开始，我不会辱没了他。他的信仰就是我的信仰，他甘愿牺牲，我也一样甘愿牺牲。

苏门望着目光坚定而且神态从容的陈开来说，你不怕死？

陈开来笑了，说，我连粉身碎骨都不怕！

26

陈开来已经为76号及行动处的弟兄们拍下了好多照片,这让他慢慢地在特工总部成了红人。

李默群有一次心血来潮,想知道这一年的天长节,有哪些事情是被陈开来收进镜头里将来可以成为存档资料的。陈开来想都没想就告诉他,那天上午九点,李主任你和梅机关的影佐将军一起,参加了驻上海日军遥拜天皇寿辰的仪式。你们那时面向东方,高举双手奉祝天皇长命百岁。我拍下了现场的全景照,还给你和影佐将军留下了珍贵的单人照。

还有呢?

还有就是这天下午,直属大队杜黄桥大队长带着丁阿旺他们去了苏州河边的恒丰面粉厂,在那里的地下室抓捕了七名工人赤色分子,缴获一批散发着油墨味的传单及两台滚烫的油印机。我记得当时拍下的传单画面中,硕大的标题是"长夜漫漫,天皇焉能长寿"。

李默群在陈开来的滔滔不绝中露出一排牙齿笑了,他咬了咬嘴里的雪茄,眯着眼睛说,你小子就是一台照相机，什么七大姑八大姨都被你给装进胶卷里了。

陈开来第二天被召进了76号的档案室。李默群让他抓紧时间，按照影佐将军的要求，尽快拍下一些秘密档案的备份，以照片形式移交给梅机关保存。那天，铁门打开，在挤进窗口的一缕陌生阳光中，陈开来见到一个略微有些发胖的中年人，他叫陈星，是档案室的主任。陈主任深埋在一堆档案卷宗里，像个任劳任怨的勤杂工，一丝不苟地整理着文件。他连头都没抬就说，祝贺你，接下去你会忙得像一条狗。

陈开来当然十分热衷这样的工作，不过苏门也告诉他，像"沉睡计划"这样高级别的情报，怕是很难进入档案室的。但陈开来还是跟陈主任搞得非常熟络，时不时给他泡一杯水，拧一条毛巾，他还说，既然咱们都姓陈，我就该叫你一声哥。

陈星眉头舒展着笑了，觉得什么时候该抽空儿打开窗户，和陈开来一起晒晒太阳。

76号的斜对面，是极司菲尔路55号的特工总部特别行动处。那里也有一间档案室，负责文件交发办理的是一个年轻貌美的女子，名叫柳美娜。那天，柳美娜过来转交一批档案时，穿了一件紧贴腰身的短旗袍，这让档案柜前的陈星忍不住吹了一声轻佻的口哨。陈开来放下照相机一脸坏笑，仔细盯着柳美娜高耸的胸以及顶在胸前的一堆档案，认真地说，裁缝给你做的这身旗袍，是不是布料不够用？我要不要帮你松一松？柳美娜抬起鞋尖踢了他一脚，说，有种你重新买块布料送我啊。柳美娜去踢陈开来的时候用力有点儿猛，以至于失去了重心，歪斜在胸前的档案差点儿就掉落一地。陈开来于是吓唬她说，当心啊，说不定是绝密文件。这时，他看到柳美娜的脸一下子白了，声音变得很严厉，说，你最好小心一点儿，有些事情别多嘴，如果你还想多活几天的话。

重庆方面催促金宝下手的命令再次下达。

金宝坐在很长的深夜里，记忆一路退回到杭州的中美咖啡馆舞场。她想起上峰最初的指令，是要她利用美人计，从留着板寸头的日本人铃木身上，设法取到一个胶卷。这项任务，在铃木突然暴毙之前，金宝在自家的床上完成了。然后她到达上海，避开陈开来的眼睛，将洗出来的胶卷交给了上峰“穿云蜂”。后来她才知道，胶卷里的内容是日军将要实施“沉睡计划”的命令文件。“沉睡计划”就是一个名叫星野的博士，为设在南京的日本“荣”字1644部队研究细菌并确定细菌投放地的计划。不过星野会对他的研究成果和实施方案进行随机加密，所以，既要破译细菌配方，又要破译加密规律。许多个日子以后，当梅机关和宪兵司令部特高课终于出台实施方案，让星野全速推进"沉睡计划"时，军统了解到，星野在法国留学时的中国同学区洋，是最有可能打开星野大脑的一把钥匙。

苏门的工作没有落后，她现在也将目标锁定为区洋教授。但是她和金宝一样，不知道此时杜黄桥也已经接到密令，迅速找到蛰居在上海的区洋，并且把他软禁起来。因为只有这样，即使铃木手中的胶卷被窃取，也不会影响到星野"沉睡计划"的正常实施。

事实很明显，三方都在争取寻找同一个目标。而金宝的任务，还需要切断延安方面靠近区洋的可能性，重庆有令，"沉睡计划"不能让延安方面的人染指。

那天，苏门告诉陈开来，他那些偷偷洗出的照片里，特别行动处柳美娜送往76号档案室的那份档案，对深入了解"沉睡计划"很有帮助。她还说，从今天开始，我们都将踩着刀尖跳舞。

27

冯少像挂在藤上的一只呆瓜。他最近瘦了，想起被变卖掉的火柴厂就半夜里胸痛，老是睡不好觉。在米高梅舞厅里霓虹灯基本照不到的角落，他见到舞厅中央的金宝在一个男人的怀里活蹦乱跳，满足又开心。上海已经进入夏天，舞厅里冷气开得很足，这让形单影只的冯少不由得抱紧了身子。冯少从心底里憎恨冷气，竟然让他在这样一个酷热的夏日颤抖着，犹如掉进了冰窖。这跟他家曾经拥有的火柴厂里那些有光有热的火柴，形成鲜明的对比。

搂着金宝的男人其实是陶大春。冯少冷不丁发现，陶大春没有塞进裤子的衬衫底下，就在腰间的部位，有一块东西硬生生地突兀着。冯少想，那会不会是一把枪，或者是短刀？总之，绝对不可能是一堆草纸。为此，他很替金宝担心，觉得巨大的危险就藏在那个腰间。

舞跳到一半，陶大春将金宝搂得更紧，他把声音尽量放低，说，杨小仙还活着，我知道她在哪里。他边说边笑，好像是贴在金宝耳边问她晚上想去哪家酒楼尝鲜。

还有呢？金宝说。

她怀孕了。是杜黄桥的种。

金宝突然咯咯咯地笑了，笑得非常响亮。冯少看见她身子往后仰起，要不是陶大春极力搂住，她可能就要跌倒在拥挤的舞池里。

金宝勾起手指，擦去眼角笑出来的泪水。手指落下，盖住嘴角，说，不用等，杀！

可是一个女的，现在肚里还有孩子。

杀！金宝依旧微笑着说。

那天，陶大春听金宝说了很多，听她说仙浴来澡堂里被围捕的军统成员中，有一个还是十五岁的男孩。金宝望向舞厅，人群如浪花一样摇摆，其中两三个买过她舞票的熟客，偶尔还跟她抛几个媚眼。她问陶大春，十五岁的时候你在忙什么？然后又说，你不用回答，我只是想提醒你，咱们这个小兄弟，被杜黄桥砍断了两条腿，骨头白花花地露在外边，像是被人从地底下刨出来的一堆银。

夜里，杜黄桥像一个影子一样，悄无声息地走在回家的路上。月光洁白，他心情舒畅。刚刚过去的一个下午，他和丁阿旺又逮住了几名军统，现在还在审讯室里伺候着，说不定凌晨就会有结果。这个夏天，在他的带领下，直属行动大队的战绩算是不错的。但尽管这样，他仍然如履薄冰。

　　穿过一条笔直的马路，杜黄桥踩上了那条叫宝珠弄的弄堂。远远地，他已经依稀望见石库门的门楣处，雕刻在青灰砖上的三个字——"秋风渡"。这时，杜黄桥听见头顶哐当一声，突然落下几块青瓦片，与此同时，石库门的拱形门上很及时地挂下一个灰白色的人影。杜黄桥定睛一看，整个人立刻蒙住了，就在半蹲身子，把手摸向后腰想要掏枪的时候，他听见漆黑的门洞里传出一个声音：何必呢？还来得及吗？

　　挂在夜空里的，是杜黄桥的妻子杨小仙。她被反剪着双手捆绑着，另外还有一根比较粗的麻绳从腋窝底下穿了过去。所以杨小仙不至于被勒死。但她晃荡在空中的时候，由于扎起的头发被身后的绳子给绑住，于是就只能高昂着脑袋，眼里也只看得见杜黄桥的上半截身子。

　　杜黄桥无计可施，昂头看见杨小仙的嘴里被塞了一团脏兮兮的抹布，勉强能够发出类似脸被摁进水里的声音。漆黑的门洞，四周长满野草，被悬挂在那里的杨小仙正在不停地挣扎，看上去如同落地钟里的一截不够稳定的钟摆。

　　放她下来。杜黄桥说。他现在已经看清，杨小仙要是继续挣扎，那条套在肚皮隆起处的肥大的裤子，很可能会因为腰带宽松而掉落下来。

陶大春样子松垮地坐在一张陈旧的藤椅上。身边的手下为他划亮一根火柴，他对着火苗，抽了一口咬在嘴里的哈德门香烟。

把枪扔过来。陶大春跷起二郎腿说，咱们还是抓紧一点儿。

第二天凌晨，陶大春把交易地点选在了苏州河边。当三名昨天被捕的军统人员走向对岸时，挣脱开绑绳的杨小仙也挺着肚子颤颤巍巍地踩上了一座简陋的木桥。晨光微微地露出，杜黄桥听见右手边的黄浦江方向，传来两声沉闷的汽笛。很快，陶大春他们的脚踏车队就跳动着不见了身影，在杜黄桥眼里飘荡的，就只剩下了潮湿的水雾。

杜黄桥悲喜交集，像一截被拦腰砍断的木头，呆呆地立在这个白茫茫的清晨。他感觉杨小仙轻轻推了自己一把，说，走，回去了。可是杜黄桥一下子蹲坐到地上，泣不成声。他哭成了一个泪人，望着陶大春他们消失的方向说，走不了啦，都给搭进去了。

这时，杨小仙就笑了，一把抓起杜黄桥说，是福不是祸，是祸躲不过。

那天，陈开来又去宝珠弄的秋风渡吃饭，在那间熟悉的宅子里，杨小仙一直站在他跟前，看他马不停蹄地扒拉着碗里的扬州炒饭。后来杨小仙忍不住了，翻来覆去地劝他，你回杭州吧，别在上海待了。

上海不让我吃饭吗？陈开来捧着饭碗说。

杨小仙于是默默地望向杜黄桥。她看见杜黄桥在自己喷出的烟雾里不露声色地叹了一口气，虽然夜已经有点"凉"了，但他还是满头大汗。

咱们或许会死得很惨。杜黄桥说。

没事，我命很硬。

再硬也硬不过枪子儿。杜黄桥说完这句，便开始十分想念他的余杭老家。

杨小仙最终是被两把西餐刀给干掉的，就在他们自己家的客堂间里。闪亮的西餐刀一把插在心窝处，一把留在了肚皮上。她刚炒好的一盘小青菜打翻在地砖上，和她所有涌出的血混合在了一起，所以如果有人远远地看过去，会误以为打翻在地上的，是一盘暗红色的炒苋菜。

那天夕阳西下，杜黄桥刚刚踩进宝珠弄，突然传来一声尖叫。杜黄桥对这样的声音太过敏感，也一直恐惧。拔枪的时候，他望见对面的门洞里，几个男人黑压压地破门而出。枪声即刻撞击在一起，杜黄桥的手臂中了一枪。等他带着一批特工再次赶到时，家里已经人去楼空。他看见杨小仙的血已经流光了，整个人像揉成一团的苍白的纸。在被飓风队的锄奸队员顶在门板上时，杨小仙听见了杜黄桥回家的脚步声，非常清晰，于是她拼尽全力惊呼了一声。

也就是这声惊呼，给杜黄桥留了一条命。飓风队原本想要的，是杜黄桥的尸体。

死去的杨小仙，就躺在陶大春之前坐过的那把旧藤椅上。杜黄桥没有让他那些手下进屋，而是一个人跪在她身边，照例在她隆起的肚皮上深情地抚摸。只是这一次，他摸到了西餐刀并不锋利的刀刃以及刀刃边张开的伤口。血糊了杜黄桥一手，他抬起手后，胡乱摸了一把自己的脸，心里十分平静地说，我会为你报仇！

杜黄桥这次反而没有泣不成声，他只是抱着杨小仙，一抱就是半天。月光一点一点倾斜，照进屋里，打在杜黄桥带血的脸上，杜黄桥抱着杨小仙一脚踢开门板，脸上慢慢地露出狰狞的笑容。

那天，金宝一直在月光下抽烟，手中烧剩的烟屁股好几次烫到了手指头。陶大春就坐在她对面，想了想说，没想到你这么决绝。你是不是后悔了？

有什么好后悔的！金宝说，是债，总是要还的。

等到陶大春离开，金宝的眼泪才终于夺眶而出。她抓了一团乱糟糟的毛巾，感觉泪水像刹不住的车一样，怎么擦也擦不完。

杜黄桥第二天就把陈开来吊在了房梁上。他拎着一个早就喝光了酒的壶，走得摇摇晃晃，说，我们一家住的地方，只有你一个人来过。我把你当成最好的兄弟，你却把我给卖了。

陈开来一声不吭，任凭那盏法国吊灯在他头顶不停地晃荡，炙热的光线一直烧灼着头皮。杜黄桥一把揪住他的衣领，子弹上膛后说，背叛师门，是死罪。

被吊起的陈开来俯视着杜黄桥，看见他青筋暴露，满头大汗。他说，你要是不介意，给师娘打扮一下，我给你们一家三口拍一张合照。

最后，杜黄桥落寞地把门给锁上，然后将钥匙扔向了远处。他发誓再也不来秋风渡，也不会再娶妻生子。而他接下去要做的，只是寻找军统飓风队复仇。在很长的时间里，他跪在弄堂的一角，把脸贴在深夜凉爽的青砖墙上。陈开来一直陪着他，听见墙缝里一只深藏不露的蟋蟀，没心没肺地鸣叫了很长时间。

回到照相馆，陈开来把床上的金宝一把揪了起来。金宝说，怎么了？难道你心血来潮想要非礼我？陈开来说，你做梦！人是你杀的？

金宝扯了扯自己的睡衣，然后再次点起一根仙女牌香烟。把烟抽完的时候，她神情淡然，说，这事跟你有什么关系？你好好拍你的照片，少管闲事。

说完，金宝重新躺下，好像身边根本就没有陈开来这个人。

28

两个礼拜后，李默群将丁阿旺骂得狗血喷头。他将杯里刚泡开的茶水泼在丁阿旺的脸上，骂他是个废物，指头差点儿就要戳进丁阿旺的眼眶里。一连三天，丁阿旺的车子用完了一箱汽油，跑遍整个上海也没能找到杜黄桥。除了76号在上海的众多分支机构，丁阿旺还给警察局打了无数个电话。现在他怀疑，如果不是军统的飓风队把他给干掉了，就是杜黄桥自己在哪个夜晚把酒喝饱了，一脚踩空掉进了苏州河里。

站在李默群面前，全身湿漉漉的丁阿旺想痛哭一场，他的鼻尖处趴着两片龙井茶，碧绿、服帖，而且依旧滚烫。丁阿旺不敢确定，自己要不要把它们给取下来。

杜黄桥的确把自己卖给了酒壶，自打杨小仙死后，他就满身酒气地穿梭在赌场和妓院里。有一次，在好莱坞棋牌馆，醉醺醺的杜黄桥输急了眼，掏出袋里仅有的一张钞票盖在桌上。结果这一幕成了棋牌馆天大的笑话，因为杜黄桥抓在手里的，竟然是一张折叠起的月历牌，并且用红色墨水在十九号那天画了个圆圈。荷官惊讶了一阵，问他，这位爷叔，您这是哪家银行的钞票？杜黄桥的酒醒了一半，什么也没说，低头从人群中挤出。随后他去了四马路上的丽春坊，在一张鸳鸯戏水的床单上，杜黄桥在一个长得极为肥胖的女人身上摇摆了两下身子，咬咬牙突然就哭了，哭得愁肠百结，悲痛欲绝。

往事历历在目。杜黄桥实在不忍想起，就在这个月的月初，妇产科医生曾经告诉过他，十九号是他儿子的预产期。那次，杜黄桥把一叠钞票扔进医生的听诊盒子里，扬言说，真要是被你说中了，我能有个儿子，十九号我再送你两倍的美金。

现在杜黄桥泪水涟涟，望向包房里的挂钟，日历已经显示是二十六号。

丽春坊从亨得利钟表行买来的德国挂钟，这时突然当的一声敲响，吓得床单上的杜黄桥打了个冷战。他把挂在嘴角的眼泪和鼻涕一起擦掉，瞬间笑得很难看，心想，没有了，什么都没有了。

杜黄桥最终被塞进了车子，是因为这天他离开四马路上的丽春坊后，喷着酒气对着交通岗亭扫射出一排子弹。这让正要上街维持秩序的交通警察一路逃窜，在杜黄桥兴奋的子弹里，他跳动成一只激烈的蚂蚱，嘴上不停呼喊着他的姆妈。

梅机关影佐将军在特工总部的羁押室里大发雷霆，如果不是看在李默群的面上，酒气熏天、醉得像一坨烂泥的杜黄桥就算不就地枪决，也可能当场就要被撤职查办。

冯少对金宝的担心与日俱增，那天他鼓起勇气，站到金宝面前说，我还有一点儿钱，我带你去重庆行不行？哪怕是香港也可以啊！我们去那里再开一家火柴厂，规模小一点儿的。

金宝说，不行，我以后就只会站在上海了，你就把我想象成一根电线杆。

冯少一阵苦笑，他想，金宝要是真的瘦成一截电线杆，自己还有什么脸面活在上海？他现在虽然有些拮据，但依旧坚持给金宝买花，只是花的数量有所减少，有时候看起来也不是那么新鲜。

金宝说，听好了，以后不准给我买花。

那我留在上海干啥？

请我吃馄饨吧。金宝说，馄饨比花实惠。

冯少点点头，离开了照相馆，走出很远一段路，又回头对金宝充满忧虑地说，你要当心一点儿。

东亚政治研究所所长苏三省专门为星野准备了一幢封

闭的小楼,里头摆满瓶瓶罐罐以及量筒、试管和各种化学品等。在一堆玻璃的反光中,星野神情专注,把眼睛眯成一条缝,左手搓捏着自己的一根胡子。星野是个怪异的男人,矮小的个子,怕见光,同时也怕吹风。他不愿和那些日军军医一起工作,只想守着一个单独的空间。

负责保卫工作的是杜黄桥手下的行动六队,清一色刚刚上任的特工队员,直接从76号那边调了过来。星野让他们关闭所有窗户,还在窗户上敲了很多钉子,布置了层层窗帘。

很多信息汇集到了苏门那里,苏门做好的准备是向星野推荐一个名叫郑佳勖的京都大学医学女博士。此外,郑博士还会带上一个助手,这人就是沈克希。

沈克希顺利到了郑佳勖的身边。陈开来问苏门,接下去该怎么办?

苏门沉默良久,说了一个字:等。

米高梅舞厅举行舞皇后选举派对的那天,金宝让陈开来给她拍一些照片。可是盛装登场的金宝最终落选了,她站在冷气的出风口前,好让全身更加凉快一点儿。

陈开来后来看见,在一个光影交错的角落里,金宝和一个微微有些发胖的女人聊得正欢。那人自称是报馆记者,对于选舞皇后这样的新闻充满了兴趣,她安慰金宝,明年还可以再来的。

事实上，这个稍微有些发胖的女人就是郑佳勋。她是重庆磁器口过来的，在军统的安排下，成了一个冒名顶替的医学博士。这一切做得很完美，完美到逃过了苏门的眼睛。

郑佳勋看上去温软得体，经常浅浅地笑，这让星野觉得工作时得心应手。可是，沈克希已经注意到她目光中偶尔闪过的一丝寒意，以及她右手虎口略微有些褪去的老茧，那是老特工常年练枪后才会留下的印记。虽然她已经在那个部位做了适当的处理，但是仍然不能逃过沈克希的眼睛。

进研究所之前，沈克希和苏门有个约定，将重要信息通过被毒死的小白鼠的尸体传递出去。星野实验室的外围，有个专门处理实验垃圾的焚烧场。苏门在那里安排了自己人。

在实验室漫长的黑夜里，沈克希时常睁着双眼熬到天明。在那样凝滞沉稳的时光里，她把所有的回忆都交给了一个叫赵前的人。实验室里漏不进一点月光，沈克希浅浅地含上一口蜂蜜，觉得心里是甜的。

沈克希能够将"沉睡计划"配方秘密拍成照片的那次，是因为星野突发哮喘。那天，星野像一条上岸的鱼，张开嘴巴拼命地呼吸，好像所有的空气都不够他用了。所以，在郑佳勋将他送去休息室的时候，沈克希很及时地掏出了微型照相机。

郑佳勋的想法和沈克希如出一辙。就在返回实验室的时候，她看着忙完的沈克希，想起那天在米高梅舞厅，当听说自己身边会被安排一个助手时，她的上司金宝曾对她说，小心提防，水深危险。

郑佳勋深深地看了一眼沈克希，说，我知道你一定有特殊的身份，但你不能阻碍我，不然就是死。然后她开始认真细致地拍照，却全然没有想到被送回休息室的星野此时已经站在了身后。星野冷冷地笑了，继续搓捏那根细长的胡子。他根本没有哮喘，只是装出一副旧病复发的样子。

星野对郑佳勋说，把胶卷交出来，你或许还能活下去。郑佳勋什么也不说，抬手掀翻桌上的酒精灯，索性就把整个实验室给点燃了。

没有月光的实验室一下子挤满了火光，负责安保工作的行动六队的特工推门冲进时，恼怒的星野一铁锤挥了下去，即刻就敲断了郑佳勋的手臂。郑佳勋瘫倒在地上，看见星野将刚刚培植的细菌撒向她破碎的伤口。

沈克希看见，火一下子烧得更猛了。

29

杜黄桥将车子刹住。他让自己暂时留在车里，冷眼注视着东亚政治研究所院内慌乱升腾的火苗。月色如水，却是一壶烧开的水。最后，呜啦呜啦过来两辆消防车，在杜黄桥的眼里如同给这个火光冲天的夏夜泼洒了一场雨。

此前，杜黄桥在办公室里被一堆事无巨细的财务报表所包围，坐在他对面的是严厉的苏门。苏门随手翻了几页报表，让声音尽量委婉，说，杜队长，其实我很想帮你，只是很多时候，做假也需要做得稍微逼真一点儿。

杜黄桥深深看了一眼苏门，心想，世界上可以做假的何止是财务报表，有些人的身份，甚至都是一件逼真的赝品。这时，他桌上的电话铃响了，话筒提起时，他和苏门一同听见一阵噼里啪啦的声音，好像是那边的电话线给烧着了。

杜黄桥很快搁下电话，盯着苏门说，请你跟我去研究所一趟。

研究所的临时休息室，即刻变成了审讯室。陈开来记得那幢楼上下三层，每层几十平方米，因为被消防水枪冲刷过了一阵，看上去更像是台风天里一艘破败的渔船，到处漂浮起烧焦的碎屑。郑佳勋被缴获的微型照相机就摆在桌上，如同一盒潮湿的火柴。陈开来仔细看了几眼，觉得郑佳勋现在怎么也不像是米高梅舞厅里曾经出现的那个女记者。她右手的胳膊处，有一截断裂的骨头。那种骨肉分离的样子，让人想起不忍直视的车祸现场。

沈克希则低着头，想要避开所有人的目光。

杜黄桥久久地盯着郑佳勋，有那么一刻，他甚至产生了一种错觉，好像眼前的两个女人刚刚只是和星野玩了一种新奇的游戏。

这种游戏一定很刺激，杜黄桥想。他把钉在窗洞前被烧毁了一半的木板掰开，推开窗后长长地吐出一口气。窗外依旧是一地的月光，这让他漫不经心地想起，如果两个女人只允许活下来一个，那么自己是不是就可以听见许多真心话？

要不现在就开始吧。杜黄桥突然转头说，你们两个比一比，赢的那个人，我明天早上请她喝一碗大壶春煎饺店的甜豆浆。

星野的目光闪亮成午后炙热的阳光，他可能是被杜黄桥的话所吸引，笑着说，那么，谁要是输了，我就来负责给她解剖。说不定她肚子里，还会有另外的胶卷。

苏门走出休息室，走到政治研究所院子里的月光下。和陈开来一样，她刚才一直不敢望向沈克希。

《欢乐颂》的钢琴曲就是在这时响起的，那是星野最喜爱的一首曲子。触碰着有点潮湿的琴键，星野跳动起手指，他回头看了一眼沈克希和郑佳勋，感觉这个充满悬念的夜晚突然显得灵动而且光滑，让人非常期待。

苏门后来知道，那天是郑佳勋首先开口，供出了军统在上海最为隐秘的集结地——宝珠弄的秋风渡石库门。郑佳勋那时提着血淋淋的手臂，迎着杜黄桥的目光说，他们就住在你原先那间房里。那盏法国吊灯，听说总共有十八个灯泡。

杜黄桥惊诧得一塌糊涂，他瞬间意识到，飓风队在选择聚集点时的想象力实在是非同寻常。他仿佛又看见法国吊灯下那两把西餐刀，修长而且锋利，刺穿了整个夏天。

杜黄桥说，围捕！

但是沈克希低着头笑了，她说，所谓的军统老巢会不会是一场骗人的把戏？你们要是这就过去，反而是通知了军统，他们在研究所这边的暗线已经暴露。

说完，沈克希盯着自己刚刚受了伤的手。可能是因为非常疼痛，她那只手搭在桌面上不停地颤抖。

郑佳勋感觉遇上了真正的对手，她盯着沈克希看了很久。

陈开来心中同苏门一样，正经历着一场惊涛骇浪。有那么一刻，他想起了遥远的诸暨，以及那个扎了两条辫子的女孩。那时的沈克希特别天真，也特别爱笑，牵着远房表弟陈开来在斯宅的千柱屋里一直奔跑。

她是中共。郑佳勋突然指向沈克希，急促地说，她在敲摩斯密码。看到没？她还在敲密码。

所有人都望向沈克希颤抖的手指，或许是敲击的手指。的确，她敲得平稳又有节奏，就好像坐在一台发报机前。

杜黄桥猛地将沈克希给按住，目光在房间里迅速搜索。他不懂发报，也没有学过摩斯密码，但此刻却十分相信郑佳勋的指证。

你很快就要赢了。杜黄桥最后望向郑佳勋，就连笑容也在鼓励她，他说，你只要告诉我，她刚才到底敲了什么？

那天，苏门重新回到审讯室时，正好听见郑佳勋对好奇的杜黄桥说，她敲了369。没错，就是369。她用的是最为平常的摩斯码。她还说，这是星野先生实验室里的密码。

沈克希顿时被激怒了，她突然挣脱杜黄桥，把脸抬起并且转向他时，说，你要看仔细了，我这手，本身就一直在抖。

月光摇晃了一下。也就是在这时，杜黄桥突然电光火石般想起，眼前这个烫着波浪头的女人，就是他当初在澡堂里潜伏时派丁阿旺假意救回的女中共。只不过，她那时是满脸的血污，脸皮肿胀，头发也乱得像个鸡窝，而自己那时也差不多是半个瞎子。

杜黄桥于是笑了。他终于明白，为什么沈克希整个晚上都低垂着脑袋，几乎一句话也没说，原来是为了掩饰身份。

星野的琴声正在迈向高潮，杜黄桥却一个耳光甩在了沈克希的脸上。他随后揪住沈克希的长发，将她死死按在桌上，然后抽出一把刀，刀光一闪后，立刻就咔嚓一声，将沈克希右手的食指给整段切下。

杜黄桥用刀尖挑了一回那截断指，说，摩斯码，我看你还怎么敲！

沈克希痛得大汗淋漓，星野的琴声也在此时戛然而止。杜黄桥有点儿茫然，转头望去时，却发现钢琴前的星野已经只剩最后一口气。星野是被郑佳勋偷袭的，他实在太沉迷于《欢乐颂》了，徜徉在那样的氛围中，就在最后几个音符即将跳出时，慢慢靠近他身后的郑佳勋却再次举起那条断裂的手臂。

陈开来记得，那天飘荡的琴声略微抖动了一下，他一转头，就看见郑佳勋手肘上的那截锋利的断骨，已经毫不犹豫地插进了星野的脖子。星野很惊讶，但他的喉管一下子被堵住了，呼吸立刻变得很困难。随后他便见到一滴鲜红的血，的确只有饱满的一滴，就那样惊心动魄地掉落在那排黑白相映的琴键上。接着，才是一片血哗地涌下来，像一场小型的瀑布。

僵坐在琴凳上的星野，诧异地望向杜黄桥，他的嘴角微不足道地抽动了一下，想要继续弹琴的双手，却无力地停在了空中。这时，他的眼角处闪现出清澈的泪光。

星野死了。因为沈克希冲上前去，又猛地推了一把郑佳勋的手臂，所以那截骨头，几乎笔直地穿透了他的脖颈。

郑佳勋感到庆幸，昏倒之前，她看了一眼沈克希，觉得这场两个人一起合谋的戏，现在终于谢幕了。其实就在杜黄桥拆掉窗板推开窗，放言要让沈克希和郑佳勋互咬指证时，沈克希就背对着杜黄桥，迅速给郑佳勋敲出了一段密码。沈克希的暗语是：我们都没有可能活下去。只有杀掉星野，才能掐灭"沉睡计划"。我愿意同你一起死！

郑佳勋沉默片刻，她没想到，沈克希看似柔软的目光，其实比她更为决绝。所以她回敲了一段摩斯码：需要我怎么做？

于是，沈克希跳动的手指就告诉郑佳勋：击杀星野之前，帮我读出一段密码。

那天，陈开来和苏门一起见证了沈克希和郑佳勋的牺牲，她们是被星野的几个随从用刺刀给扎死的。她们的身上都被扎了好多个窟窿，刚开始的时候，血在那些红色的洞眼里犹豫了一阵，然后才一发不可收拾地涌出。但是，郑佳勋满意地笑了，她望着沈克希，好像在同她说，我们都赢了。

沈克希最后扑倒在星野的钢琴架上，盯着那两页翻开的琴谱，她好像想起了很多。那时候，只有苏门看见，沈克希另一只手的手指还在跳动。苏门强忍住眼泪，不让它们挤出来一滴，因为她分明已经收到，沈克希是在用摩斯码对她说：原谅我不能跟你们说一声再见……我先替我儿子赵小前谢谢你的蜂蜜。

杜黄桥这天满怀着猜忌和愤怒，他原本以为郑佳勋说出的369完全可以证明沈克希在现场有同伴，那么，除了自己和星野的随从，剩下的就只有陈开来和苏门。但后来的事实又似乎证明，这完全可能是两个女人串通好了在算计他，目的只是引开他的注意，给刺杀星野创造良机。不过，杜黄桥还是忍不住问了苏门一句，刚才有一段时间，你怎么一个人离开了审讯室？

苏门对此显得很不耐烦，最后她拎起坤包，瞥了一眼钢琴架上血肉模糊的沈克希说，我早就已经猜到会有什么结局，请你理解一下，毕竟我也是女人。还有，我怕见到血。

杜黄桥眨了眨眼，觉得没有继续开口的必要。但他终究还是漏了一点，就在郑佳勋喊出沈克希的密码之后，回到审讯室的苏门很快就再次离开。而此时，苏门的坤包里已经多了一个蓝色的玻璃瓶，那是她离开后去隔壁的标本陈列室中取到的，里面浸泡了一只四肢张开的青蛙。贴在那只蓝色的玻璃瓶上面的标签早就被苏门一点一点给撕碎。它原本显示，这只死去的青蛙，是实验室的第369号标本。

30

苏门家窗帘低垂，陈开来把身子深陷在沙发里，陷入长久的沉默。

我对不起他们，苏门说，他们两个是那么相爱。

陈开来盯着杯子里的黑方，什么也不想再说。他记得在诸暨那幢千柱屋大宅门口那片巨大的空地上，有一天挤满了人，他们全都坐在一起，好像是为了拍一张全家福。那时候的沈克希有一粒小虎牙，她和陈开来都对照相师带来的支架相机产生了浓厚的兴趣。两个人后来一起钻进了相机后面的那层幕布，陈开来盯着照相机说，这里面装得下那么多人吗？

沈克希想了想，说，这里面装得下全世界的漂亮。

什么是全世界的漂亮？

我也不知道，反正是很多很多的漂亮。

等我长大了，也要装下全世界的漂亮。

……

你在想什么？苏门看着陈开来。陈开来的思绪从遥远的童年被拉了回来。我在想，小时候，有一个男孩和一个女孩，他们钻进了一架相机里。陈开来说。

苏门说，能不能抱我一下？

陈开来起身，缓慢地走了过去，从背后抱住了苏门。他觉得苏门的身子有些冷。这时候他才发现，苏门面前摊着那本《飞鸟集》，就在翻开的那页上，用红笔画过的一句话清晰可见：有一次，我们梦见大家都是不相识的。我们醒了，却知道我们原是相亲爱的。

陈开来说，赵前以前背过这句诗，他说这是一句刻骨铭心的诗。

苏门的脸上露出带着哀伤的笑容，我就是因为在燕京大学里，听他对我背了这句诗，才喜欢上了《飞鸟集》。

陈开来一下子全都明白了。很久以后，他才轻声地说，他爱的人是你。

苏门继续微笑着，不过微笑的时候，眼圈越来越红。她说，我晓得。

陈开来说，其实沈克希也明白的。

苏门又说，我晓得。

你和沈克希其实是在相互较劲，这样有意思吗？

苏门无力地笑了，说，较劲总比没劲有意思。

金宝很快就知道了她的下线郑佳勋的死讯，那是陈开来同她说起的。在重庆军统设计的密线网络里，代号"财神"的金宝，手下有两个"散财童子"，除了照相馆里当徒弟打杂的新祥，就是隐藏极深的郑佳勋。

那天更深的夜里，金宝正在仔细地吃一块东坡肉，她听见陈开来说，她一定是你们那边的人！

金宝没有响，继续吃着东坡肉。她的嘴唇油光光的，却没有心情去擦一擦。她主要是在嚼那块有嚼劲的皮。

陈开来说，她死得很壮烈，这辈子值了。

金宝把头抬起，嘴里塞着一块肉，口齿含混地说，谢谢你这么说。陈开来转头看向金宝的时候，金宝咧开嘴笑了，脸上白花花的一片水。

而杜黄桥则依旧肯定，星野身边的助手沈克希和苏门有着很大的关联。他觉得，必须要和苏门开始较量了。在李默群的办公室里，杜黄桥说，这个人好比是一种牙病，看着没伤着人，但是能痛死你。

李默群沉默了很久。星野的死让他无法回避，失职的人员当然包括杜黄桥，是他派出了行动六队保护星野，也包括苏三省，因为星野研究所设在苏三省的政治研究所。而最大的责任人，当然是李默群，他掌控着整个特工总部。所以他最后说，她刚来上海的时候，也差一点儿把我给整死了，幸好俞应祥死了，所有的线索都断了。

杜黄桥说，那我能向她开刀吗？只要有证据，我可以让她死得很惨。

李默群想了想，把脸别向了窗外说，别问我，我什么都不知道，我没听清你刚才同我说了什么。

杜黄桥站起，脸上露出了微笑，说，那我明白了。

31

又一次送金宝回到照相馆的冯少，麻利地从金宝的小坤包里摸索出钥匙替她打开了门。金宝破天荒没有喝醉，不过打了一个绵长的酒嗝，酒气就在夜色里四处乱窜。金宝回过头来朝冯少笑了一下，说，你回吧。冯少就站在路灯光下，他的白色西装显得有些肥大，而稀疏的头发被风吹起，黑色的大框眼镜挡住了他大半张脸。总的来说，他在路灯稀薄的光线下，显得瘦弱而孤凉。

就在金宝走进照相馆内，想要合上门的时候，被冯少叫住了。冯少依旧站在那堆光线中说，金宝。金宝透过那没有合上的一掌宽的门缝看着他说，有屁快放。冯少说，你晓得的，我被杜黄桥敲了一次竹杠。他要是再敲一次竹杠，我家就破产了。

金宝说，你有本事杀了他！

冯少说，我同我爹都只有做火柴的本事。火柴的质量还是不错的。

金宝于是打了一个哈欠说，那你说了等于白说。我要睡觉了，你回去吧。

冯少突然被自己愤怒的声音吓了一跳。他大声地对金宝说，你晓得三星化工的老板方液仙是怎么死的吗？就是被76号给逼死的。他才活了四十七岁，他有个国货大王的名头有什么用！

金宝索性就把门打开了，她大步地从照相馆里走出来，走到冯少面前，直视着冯少的眼睛说，你再吼一声试试！

冯少就又大吼了一声，方老板被逼死了！接下来就可能是你死，我死！我能猜到你是干什么的！我同你讲，你这样下去很危险！

金宝随即甩过去一个响亮的耳光，这让冯少的脸像被他家生产的火柴点着了一样辣了起来。他用右手捂住半边脸，看上去牙齿在痛的样子。金宝说，死的人多了去了。逃走就能让这个国家变得不危险吗？

冯少捂着脸慢慢地蹲下身去，在路灯光底下低声地哭了起来。金宝抬起了头。远远地看过去，可以看到她穿着旗袍的玲珑的身影，以及她头顶上路灯下一群乐此不疲地飞舞着的虫子。蹲在地上的冯少这时候并不晓得，他不是不能马上去重庆，而是一生都不可能去重庆了。

三天后的中午，金宝突然从外边打电话给冯少。冯少正在他临时租来的办公室里，和冯记火柴厂变卖前的客户对账，一束已经买好的鲜花就放在桌子的角上。电话铃响了起来，金宝在电话那头急促地说，你赶紧到三官堂路的吴记南北货品店，就说，给我称一斤枣子，再买一个水蜜桃罐头，告诉老板，不管多大的价钱都要。

金宝说完，就匆忙地把电话挂了。冯少想了想，抓起桌上的那束鲜花就往外面奔去，他突然觉得这里面有文章。冯少身上的血液开始流得飞快，他变得兴奋起来，呼吸因此而急促，所以他捏着花的手心不由得出了汗。他让三轮黄包车夫踩得快一些，向来老实的他甚至在车夫后背踹了一脚，说，给你加钱，快！

车轮飞快地旋转着，同车轮一起旋转的是黄包车龙头上插着的一只用《良友》画报封面纸折的彩色纸风车。冯少认出那画报上的小半张脸是属于名媛郑苹如的。车子迅速地进入了三官堂路，当他看到吴记南北货品店的时候，立刻跳下车，把车钱扔在黄包车的座椅上，抱着花跌跌撞撞地冲向了南北货品店。他气喘吁吁地站在柜台外，对一个看上去只有十六七岁的学徒说，给我称一斤枣子，再买一个水蜜桃罐头，不管多大的价钱我都要。小伙计好奇地望着冯少，他不明白一个捧着花的人，为什么要突然告诉他，买的货品不管多大价钱都要。也就在这时，货架后的吴老板突然冲了出来，向外没头没脑地奔跑起来。奔跑起来的时候，他认真地看了一眼冯少，喊：走！

枪声就是在这时候响起来的。

枪声响起来以前，直属行动大队里，杜黄桥一直在弹拨着三弦。他的面前放着一只龙泉产的青瓷茶盅，茶盅内荡漾着香气四溢的茶水。陈开来就站在他对面，斜靠在窗前听他弹着三弦。等到杜黄桥收了最后一个音，戴上墨镜的时候，陈开来发现杜黄桥原来这一天都在算计着一件大事。

杜黄桥和陈开来并排走在走廊上，他说，你跟我走，我请你看大戏。

那天，杜黄桥和陈开来就坐在车里，车子停在三官堂路路口不远的拐角处。杜黄桥开始抽烟，一句话也不说，这让陈开来清楚地知道，一场围捕就要开始了。等到抽完了烟，杜黄桥说，照相胶卷够用哦？让总务处去多买一些来，我好像开始喜欢上拍照了。陈开来想说些什么，但最后他只说了两个字：够用。杜黄桥又说，送你的那支枪带着吧？记得，男人一共要有两把枪，两把枪不用都要生锈。

陈开来摸了一下后腰说，没生锈。

接着，枪声就响了起来。杜黄桥笑了，他伸过手揽过了陈开来的肩说，不要怕。子弹缝里钻久了，就习惯了。

冯少是被丁阿旺带人打死的。冯少并不知道，枪声响起来以后，四面八方突然冲过来许多人，都挥着枪。他更不知道，一个戴礼帽的叫费正鹏的男人，正风尘仆仆地赶往吴记南北货品店。听到枪声以后，他迅速地攀上了一辆刚刚驶过的叮叮作响的电车。他是军统局本部二处，也就是党政情报处副处长，这天匆忙之中要赶回重庆。他接头的最后一站就是南北货品店。金宝拿到围捕吴老板的情报时，去通知吴老板撤离已经来不及了，所以她让离南北货品店距离很近的冯少去通知吴老板"早逃"。她让冯少去南北货品店购买枣子和水蜜桃罐头就是这个意思。但是，这个行动只成功了一半，费正鹏踩着一串子弹逃走了，而冯少和吴老板还是慢了一步，陷入了震耳欲聋的枪声中。那天，其实金宝也叫了一辆黄包车，迅速地向三官堂路赶来了。她当然也听到了枪声。那时，她在黄包车上重重地闭了一下眼睛，她清楚地知道，只要枪声响起，自己的同伴就一定是凶多吉少了。

那天的三官堂路上，胡乱地躺下了两具尸体。杜黄桥打开车门，从车上走下来，慢慢地走向那两具尸体。陈开来紧紧地跟着他，他看到杜黄桥蹲在尸体边抽烟，仿佛是想要同两具尸体以谈天的方式告别。后来，杜黄桥在吴老板的脑门上将烟蒂揿灭了，他直起身，用皮鞋拨弄着两具尸体，仿佛在清点着他们身上流着血的弹孔。那些弹孔鲜红得让人觉得触目惊心，像烂掉的草莓一样。冯少则是扑倒在地上，一条腿屈着，一只手举着一束鲜花，看上去像是在向上攀登。

冯少的腿部和腰部各中了一枪，这两枪都不是致命伤。杜黄桥让人把冯少的身体翻了过来，他十分认真地用一把刀子割开了他的衣裳，在冯少的胸口发现了一个细小的血点。杜黄桥用刀子慢慢割开了冯少的皮肤，刀子越来越深入，这让陈开来突然想起了在马场对苏门的刺杀。他觉得，冯少的心脏里应该包裹着一颗钢珠。杜黄桥双手都沾上了血，果然，用刀尖从冯少的心包上挑出了一粒钢珠。

杜黄桥认真地仰起头，用手拿着钢珠，高高举起，让太阳光照耀着它。有一滴血，不小心地滴在了杜黄桥的唇边。杜黄桥知道，刚才附近有人用卡簧枪在冯少身上补了一枪。这颗不知道从哪个角落里射来的钢珠，目的只是想要灭口。按照杜黄桥的推理，既然特工在围捕冯少的过程中，两枪都没有击中要害，那么用钢珠枪补了一枪的人，一定是军统的。蹲在地上的杜黄桥开始摸排跟冯少相关的人，金宝就是其中的一个。那天，杜黄桥让陈开来用照相机拍下了被送往西郊小树林掩埋的冯少的照片，他当然没有告诉陈开来自己的怀疑，他只说了一句，他是被自己人杀了灭口的。

陈开来也没有说话，他把冯少中弹的创口拍得有些触目惊心。那上面还被杜黄桥用刀尖捋了一遍，破败得如一团血红的棉絮。陈开来突然觉得心中悲凉，如果这个冯少没有被金宝从别的舞女那儿抢到手，他的命运就不会那么悲惨。

杜黄桥照例用胳膊搂着陈开来的肩无声地走向他的小汽车。他无缘无故地叹了一口气说，世界其实挺小的。陈开来就问他，什么意思？杜黄桥说，有人的地方就有江湖，但是我却看到江湖上赤那全是熟人。这时，陈开来闻到了杜黄桥手上一阵一阵的血腥味，他连手都没洗，那些血在他手上已经凝结成了面条状。陈开来不由得一阵恶心，他觉得自己的心肝肺腑都要喷薄而出了。

32

这个无比乏味而且空气沉闷的傍晚，照相馆的二楼，陈开来觉得自己身上黏糊糊的。他一动不动，像一只蜘蛛在等候一只飞虫。坐在他对面的金宝，光着一双脚把身子陷在一把藤椅里，她的一只脚屈了起来，脚后跟踩在椅子上，另一只脚就垂下来，轻微地晃荡着，像钟摆一样。她的头侧着，半张脸靠在膝盖上，斜着眼看陈开来。她的脸上有少许被酒精浸染的红晕，说，你这个憨大。

陈开来依然一动不动，大概过了三分钟，他突然站起了身，拎起金宝椅子前放着的那双高跟鞋，分别掂了掂，扔下其中一只，猛地掰开了手中拎着的那只鞋的后跟。金宝从椅子上跳下来的时候，已经来不及了，高跟鞋的后跟已被掰开。陈开来手中亮出香烟大小的一支钢管型卡簧枪。陈开来说，你连冯少这种对你死心塌地的人也杀，你还有良心吗？

金宝说，这是没有办法，我们需要保存实力。他不能被活捉。

陈开来冷笑了一声说，你是怕自己被活捉吧。他对你一往情深，深到差不多忘了他自己。

金宝说，我比他重要多了，我们的情报线根本离不开我。

陈开来说，这就是他必须死的理由？

金宝有些恼了，说，我说过的，我也会死的，赶走日本人之前我就会死，迟早的事！

金宝后来一个人在照相馆的二楼呆坐了半天，有那么一小会儿，她甚至无聊地哼起了小曲。手指头低垂着，轻微地摆动着，头发也在风中被吹得七零八落。她很懒，不愿动的那种懒。天色渐渐暗下来的时候，她让新祥帮她叫了一碗馄饨。陈开来看着她一言不发地吃完馄饨，并且连汤也喝得干干净净，然后把碗一推，开始为自己描眉画唇，她化好了妆就要去米高梅上班。

在下楼以前，金宝走到陈开来身边，抓住了他的手搭在自己的后腰上说，陪我跳舞。两个人就开始跳起了没有音乐伴奏的舞，跳了很久。跳舞的时候，金宝说，这都是命！然后金宝就不说话了，陈开来也不说话，但最后他还是忍不住说，简直是狼心狗肺。

金宝红着眼睛一动不动地盯着陈开来，说，你再说一句试试！陈开来没有再说话。

33

　　苏门出事是在三天后的百乐门舞厅。陈开来记得，那天他选择长时间地站在窗前，是因为他迷恋着舞厅窗外那路灯光下倾斜的小雨。雨丝被灯光照亮，像一束束的银针从天而降。陈开来觉得心中无比宁静，乐队奏出的音乐声在陈开来的耳朵里轻下去又轻下去。在这样的寂静无声里，他听到的是越来越清晰的雨声。他开始计算自己离开杭州后和一名照相师的距离，以及和上海的距离。这个静谧的夜晚，暗伏着危机。梅机关、尚风堂、76号及其下属机构，以及秋田公司等几个日本特务机关与"上海特别市政府"一起，在舞厅搞联欢。那天，陈开来在舞厅内拍了几张零星的照片，更多的时间里，他对着窗外的春雨在拍。后来，陈开来穿过几张座椅和晃动的人群，走到苏门面前邀请苏门跳舞。在这个春雨连绵的日子里，让苏门大吃一惊的是，除赵前以外，陈开来是唯一令她觉得舞跳得那么好的人。

　　那天，他们跳的是探戈舞曲《一步之遥》，所以，陈开来在跳到一半的时候突然开口了。他说，我总是觉得，我们之间永远都是一步之遥，我不晓得应该感到高兴还是悲哀。他刚说完这句话，法租界警务处的人就把苏门带走了。那名叫华良的探长，领着中央捕房的巡捕把苏门和陈开来围了起来。华良把警棍架在了蠢蠢欲动的陈开来脖子上，笑了一下说，不要动，你动一下就一定会后悔。然后，他手下的巡捕架走了苏门。华良说，苏门陷入了海洛因走私案，需要协助调查，带往薛华立路的中央捕房。陈开来望向苏门，苏门笑了一下，说，天不会塌，你不要乱动。陈开来仍然劈手夺过了华良手中的警棍，也就在同时，华良把一支警用左轮手枪抵在了陈开来的脑门上。华良说，这里是法租界！

这时，杜黄桥摇摇晃晃地走过来，轻轻拍了拍陈开来的肩，让他不要顶撞警务处的人。在华良等人离去以后，杜黄桥划亮了一根火柴，微弱的火光照亮了他那张兴奋的脸。火光点着了一支烟，杜黄桥轻轻地甩了甩火柴，喷出一口烟说，这个女人像井水一样深，你摸不透的。你是我顶好的兄弟，我不想让你卷进去，你最好靠边。

陈开来当然不会想到，杜黄桥已经在这短暂的时光里，决定在霞飞路上弄出一点儿动静来了。陈开来更不晓得，影佐也发现了苏门的一些疑点，但是他不能确定苏门是否真的是一条大鱼，她是军统的还是中共地下组织的。

尽管影佐是苏门的朋友，也特别欣赏苏门的逼人才气，但是经不起软磨硬泡，他同意了杜黄桥的行动，就是让人伪装成黑帮的人截留绑架苏门。但是影佐明确地告诉杜黄桥，你想动她可以，但必须得有证据。如果最后都没有证据，那么你自己一定会输得很惨。

影佐又补了一句，苏门不是省油的灯。

杜黄桥于是笑了，说，她根本不是灯，可以去掉火字旁换成金字旁。我觉得她是一枚敲不弯的钉。

杜黄桥又补了一句，但我想，我能拔掉她！

那天，在百乐门舞厅，苏门被两名法租界中央捕房的巡捕带走时，嘴唇轻轻动了动。然后，她眼睛平视，从容地从一条大家让出来的通道向外走去。从未学过唇语的陈开来，目光越过众人，竟然读懂了苏门的唇语。苏门告诉陈开来的那串字，如同一群蝌蚪，浮在舞客们的上空，并迅速地排成一行。那串字是：以最快的速度去我家，撬开卧室床下的地板，有一部电台必须迅速转移。

而杜黄桥想要查到的扳倒苏门的证据，正是这部电台。有了电台，影佐一句话也不会再多说。

押送苏门的警务处车辆经过贝当路的时候，突然从暗处蹿出了几辆小车。陈开来其实不晓得，离舞厅不远的路口，杜黄桥早已经让丁阿旺暗中藏了一批蒙面人。这些人会在舞会散场后跟上苏门的车子并且劫持她，而且，这一天崔恩熙突然吃了不洁的食物需要去同仁医院看急诊。所有的一切都是因为，杜黄桥需要把苏门家翻个底朝天。如果发现有一丝端倪，再让苏门吐出所有，影佐也可以趁机给汪精卫打一记重重的耳光。如果查不出什么情况，那就对外宣称苏门死于黑社会的绑票。再过半个钟头，舞会散场后就可以动手。但是，就在这当口，一个叫华良的探长像一阵风一样带走了苏门。这让杜黄桥觉得，一切都突然发生了变化，舞厅不远处暗伏的特务在法租界的地盘上是不能阻挡租界捕房的人进入舞厅带人的。所以，杜黄桥让丁阿旺带人赶在警务处的车子前头埋伏着。

押送苏门的车在雨夜中无声地潜行。华良坐在副驾驶座上，叼着一根烟一言不发地望着前方。所有的雨被汽车撞得纷纷扬扬。黑色的警车里，分两侧坐着八名捕房的巡捕。车子驶入贝当路的时候，华良刚好抽完一支烟，他将烟蒂弹出车窗外，烟头的一点猩红快速在雨中划过。与此同时，丁阿旺站在一块巨大的力士香皂广告牌下，他有一半的身子已经被雨淋湿。丁阿旺甩了一下头发上的雨水，也弹出了一枚滚烫的烟蒂。两枚烟蒂几乎同时落在了一个水洼里，嗤的一声，同时被水淹死。第一枪是丁阿旺甩手开出的，他的两把手枪左右开弓，随即整个雨夜喧闹得像要发疯。

警车像喝醉了酒，在雨夜里歪歪扭扭地往前冲。法租界警务处的八支枪也开始鸣响，子弹穿透雨阵，在来来往往之中，不停地撞击在铁皮车身上。华良看到两名兄弟被透过车窗的子弹击中，歪倒在车厢里，那些黑衣蒙面人也有人中弹倒下。他对驾驶员说，加大油门。苏门安静地坐在摇晃如船的车厢里，在枪声以外，她隐隐听到了由远而近的摩托车的引擎声。

骑着摩托车飞驰的崔恩熙就是在这个时候出现的，她像一只斜飞的燕子，单手挥枪，连连击毙了数名黑衣人。押送苏门的车子歪歪扭扭地向前，拖着浓重的尾烟摇曳着穿行在雨中。崔恩熙突然将摩托车横在马路中间，又接连干倒了几名黑衣人，她自己也像被打破的油箱一样，身子在不停地冒着血。她倒地以后，努力地将身子支撑着站起，要重新坐回到摩托车上。押送苏门的警车停了一停，但是车内的苏门远远地望了崔恩熙一眼说，走！

警车再次向前行走。警车内的苏门表情平静，她回忆起，作为女保镖的崔恩熙第一次出现在自己面前时的样子。那时的崔恩熙是一头的短发，像一个英俊的男人。她灿烂地笑起来的时候，会有两个浅小的酒窝。她其实是朝鲜人，但一直在中国长大与生活。后来，苏门就合上了眼

240

睛……

摩托车再次发动了，油门粗暴的轰鸣声中，一身是血的崔恩熙驾着车子再次冲进雨阵，枪声再次响起，崔恩熙后背又中了几弹。然后，车子翻倒在地上，把崔恩熙压在了摩托车下。崔恩熙努力地睁开自己的血眼，望着红通通的天空中飘下的红通通的雨。在丁阿旺带着仅剩的三名黑衣人赶到她身边的时候，她的喉咙口一甜，吐出一口血来。然后，她圆睁着一双眼睛，望着那望不到尽头的天空，死去了。

押送苏门的警车，跌跌撞撞地驶进的不是薛华立路的中央捕房，而是就近驶进了贝当路捕房。打开车门的时候，华良看了一眼天空，这时候的夜雨已经稀疏得几乎没有了。警车的后门打开了，跳下了几名巡捕，他们背下了两名中弹的兄弟，最后是苏门跳下车来，她的手中竟然多了一只照相机。那是她在警车内的座椅上顺手拿的，在刚才枪声密集的时刻，她内心平静，像一名照相师一样拍下了一些照片。

华良望着苏门说，这是我们捕房的照相机。

苏门说，是的。只是我使用了它，而你们没有。

而在刚才所有的枪声响起来的时候，杜黄桥把自己的身子陷在百乐门舞厅的一张皮沙发上。他一直在沉思着。陈开来为杜黄桥拍下了一张沉思的照片，然后走到舞厅门口拍下了霓虹灯和雨纠缠在一起的照片。后来，他看到丁阿旺像一只丧家犬一样湿淋淋地奔来。他仿佛看到了陈开来，所以他呜咽了一下。陈开来看到，有三名黑衣人在一根电线杆下站定了，他们并没有跟随丁阿旺进入舞厅，而是呈三角形站着，被灯光下亮闪闪的雨丝笼罩着。丁阿旺冲进舞厅，带着一股潮湿的气息，扑倒在杜黄桥的面前。他向左右的人群看了看，迅速地打了自己一个耳光。

杜黄桥于是明白了一切。他抬起迷茫的眼说，你为什么不以死谢罪？

丁阿旺想了想说，留我一条狗命，我会为你去死的。

杜黄桥说，算她命大。搜她家！

那天晚上，杜黄桥带着直属行动大队的几名心腹特工，直扑苏门家。他们搜寻了苏门家的每一寸门缝和天花板，甚至撬开了地板，发现床下的地板是活动的。欣喜的杜黄桥让人撬开后，却发现地板下面是一只樟木箱，箱子里面装着一些钞票。那天，他拿走了箱子里所有的钞票，并且随手胡乱地扔了一些给同行的特工。他们足足在苏门家的楼上楼下搜寻了两个多钟头，离开以前，杜黄桥疲惫的目光落在了鞋柜里苏门跳舞时穿过的黛染霜花高跟鞋上。这双鞋子明显是九成新的。而杜黄桥一直作为证据藏着的当初追捕女嫌犯时捡到的鞋子是旧的，但是怎样才能证明苏门穿的应该是那双旧的鞋子呢？

34

苏门被法租界警务处转移羁押在薛华立路中央捕房，她的贴身保镖崔恩熙战死在贝当路上。陈开来忧心忡忡，每一次抬头望着上海的天空，他都会觉得整个灰暗的天空是一块随时可能会罩下来的幕布。金宝依然摇摇摆摆地走路，这个世界对她来说仿佛是没有顾忌的，她就像一粒放松地跳动在人间的音符。金宝在陈开来的视线里摇摇摆摆了好几个月，有一次，她的鼻尖快顶着陈开来的鼻尖时，金宝倒抽了一口凉气，说，你失魂落魄的，是不是得了失心疯？陈开来没有理她，他连说半句话都觉得是多余的。在很多时间里，他要么去特工总部拍照，要么在照相馆门口望着不远处贴上了封条的仙浴来澡堂的大门发一会儿呆。李木胜和那个滴着血的杭州雪夜显然已经十分遥远了，这让陈开来觉得，自己仿佛活在大光明电影院正在放映的一部电影里，或者活在正在变旧的一张照片里。

尽管时间仅仅过去两天，但陈开来却觉得他陷在了漫长得没有边际的伤感里，无力感充斥着他的全身。伙计新祥仿佛十分忙碌的样子，有很多时候，他听话得像一只兔子，被金宝呼来唤去。甚至有一次，金宝让他跑了几十里路，去七宝镇上给她买回来一只红烧猪蹄。金宝吃猪蹄的时候，把自己丰厚的嘴唇弄得油光光的，她抓着猪蹄的手也油光光一片。她对着陈开来心满意足地笑了一下说，像新祥这种听话的人，其实永远不会吃亏的。

陈开来微微地笑了一下，说，太听话就没了自己，那是最大的吃亏。

那天，陈开来坐在照相馆里发呆，突然看到门口的光线亮了一下，一个穿着洋服套裙的女人站在门口。女人挟带着一缕风，在照相馆里旋转着裙摆转了一个圈，然后面对着安静坐着的陈开来说，你一动不动的样子不像一个做生意的。

像什么？陈开来的声音从一片灰暗的阴影中传来。

像一台自鸣钟。

陈开来终于从椅子上站起身子来，他伸了一个漫长的懒腰，并且听到了骨头关节发出的咯咯声。这让他觉得有些心满意足，终于，他说，哪有会拍照相的自鸣钟？

在摄影棚里，女人坐在太师椅上拍下了一张照片。拍照片的时候，女人问，你的照相机是美国货吧？

陈开来的脑袋就轻微地轰鸣了一下，他说，不，德国货。

听说现在已经有彩色相机了。

我的是黑白的。在我的世界里，白就是白，黑就是黑。

那天，这个突然来接头的美丽女人并没有停留太久，她带着植物清新的气息，像一阵风一样稍作停留又远走了。她叫苏响，她告诉陈开来的是，组织上得到了不利于苏门的情报，所以苏门被警务处带走是组织上打通了关节安排的，在最危急关头被法租界警务处以毒品走私罪带走恰是对她最好的保护。现在，营救工作已经开始，在没有明确任务以前，让陈开来就地蛰伏。

苏响那天匆匆走了，她甚至让陈开来销毁为她拍下的照片底片，她不能留下任何来过的痕迹。接下来，党组织会通过一个叫陈淮安的大律师将苏门从租界警务处捞出。隐居上海的苏门险中求胜，在掌握了证据以后，不仅把俞应祥的幕后人——三个"上海特别市政府"官员逮捕，甚至危及了李默群和杜黄桥。苏门把当初李默群和影佐对她产生的那些疑点，做成了俞应祥集团对她的陷害。而她用法租界警务处押送她的警车上的照相机拍下的崔恩熙被乱枪射杀的照片，以及被子弹击中倒地而亡的刺客照片，都成了有力的证据。终于，南京方面也出面保自己的督察专员苏门了。更被牢牢坐实的是，杜黄桥等特工在搜查苏门房间的时候，把值钱的东西都据为己有。这是杜黄桥手下一名特工告发的。这名特工之前在某一条弄堂被神秘人堵住，神秘人告诉他，必须揭发，不然他全家都会死。

李默群和杜黄桥终于安静了下来。苏门平稳地渡过了难关。南京方面和梅机关也有了一些交涉，考虑到苏门在上海的风险，同意她回到南京工作。但是苏门在回复的电话里说，不，就是死，我也必须死在上海！我的任务还没有完成。事实上，苏门不过是想留在上海，留在特工总部继续战斗。影佐将军为了表示歉意，专门请苏门喝酒赔罪。苏门什么话也没有说，把杯中酒一饮而尽。她穿着那双黛染霜花高跟鞋，又开始高傲地在大理石面的地砖上旋转起来。

而私下里，她联络上了陈开来，在寻找区洋的战斗中结成了同盟。

苏门重新履职的那天，陈开来捧着他的徕卡照相机，望着苏门大步走向"上海特别市政府"的台阶。所有刚好来上班的官员，无声地辟出了一条小道，供刚刚恢复身份的苏门步步向前。苏门目不斜视，她脸容光洁，庄重而沉着的表情之中，写满了无上的光荣与骄傲。陈开来蹲下身为苏门拍了无数照片，他突然无比地喜欢阳光照在苏门的脸上及她玲珑有致的身体上。每按下一次快门，陈开来都会有一次异样的心动，他觉得自己的心脏如三月的春草，不停地滋生着爱恋。

那天苏门做的最重要的一件事，就是在她的办公室里坐了一个上午。她在桌上点了一炷香，对着那炷香平静地坐着，她的脸上还带着些微的笑。她花了大把的时间，看那炷香是如何短下去的。陈开来说，你在想念你的保镖崔恩熙。

不是保镖，是亲人。不是想念，是送别。

她是为了救你而死的。

不是死，是牺牲。苏门平静地说，她把脸转向陈开来，盯着陈开来的眼睛补了一句，我也会牺牲的。

在漫长的寂静中，陈开来和苏门安静得像是办公室里两件雌雄有别的家具。一直到中午，苏门才站起身来，走到窗前，望着玻璃窗外蓬勃、广袤却又苍凉的上海。后来，她回转身来，朝陈开来灿烂地笑了，露出一排整洁的白牙。既然你特别喜欢拍我，那我告诉你，你爱怎么拍都行！

陈开来想了想说，我特别想要拍你在外白渡桥上的背影。

第二天，陈开来就在外白渡桥上拍下了他照相生涯中最经典的黑白照片。那张黑白照片充满了细腻的光亮，镜头里是苏门穿着黑色金丝绒旗袍向前走去的背影，和白亮的天光构成黑白最好的比例。苏门微微侧着身子，撑着黑色长柄雨伞，雨丝密集而均匀地笼罩在伞面上，亮晶晶的大颗水珠顺着伞骨朝四面八方滴落。远处，一辆气度不凡的马车正嘚嘚而来，赶车人戴着一顶黑色礼帽，表情温和。这张照片是陈开来是用跪姿拍的，他单腿跪地，对着苏门的背影说，你比西湖美。说完以后，他突然觉得自己不想站起身来。

　　苏门回转身说，你真会说话。

　　不，我说一千遍，也说不出那种美，你等着瞧。

　　瞧什么？

　　瞧洗出来的照片。

　　这张照片洗出来的时候，湿淋淋地挂在暗房的绳子上。有很长的一段时间，陈开来把两只手插在裤袋里，站在湿淋淋的照片面前，久久地凝望着苏门的背影。这时，金宝穿着拖鞋，懒散地从她的房间里踱过来，对绳子上这张湿漉漉的照片啪嗒啪嗒抽烟。最后，金宝对照片喷出一口烟，然后长长地叹了口气说，就像杜黄桥一直在说的，这都是命。那天，金宝沉默了一会儿，突然变戏法似的变出了一瓶从浙江诸暨带过来的海半仙同山烧说，你陪我吃酒。

陈开来就陪着金宝吃酒。那种温和中带着些微辛辣的酒液，混合着高粱的清香，像一道笔直的线一样逼进了陈开来的肺腑。金宝也喝了很多。酒瓶在他们的手中来回传递，在光线暗淡的这间暗房里，有一种奇怪的气息在弥漫着。金宝没有告诉陈开来，自己受到了来自重庆的压力，这种压力让她有些难以喘息。她突然觉得在上海的工作是那么的不顺利。至今，她都没有拿到星野的那份"沉睡计划"，所以无论如何，上峰的命令是，把区洋教授带走。如果没有区洋，即便有人拿到计划也不能破译其中的奥秘。

大概喝掉了半瓶同山烧的时候，金宝喷出一口酒气说，加入我们的阵营吧。

陈开来想了想说，我能做什么？我只会拍照。

金宝想了想说，至少你加入我们了，可以让你本身安全些。不会被我们的飓风队当成汉奸杀了。

陈开来说，我不是汉奸。

金宝轻蔑地笑了一下，拎起酒瓶又喝下一口酒说，是不是汉奸不由你说了算，要看你在不在飓风队的锄奸名单里。

国共两方都在寻找着神秘的区洋教授。现在的区洋是同仁医院里一名缩头缩脑的病人，他喜欢病人这样的称呼。他觉得病人是弱者，可以被人照顾，也可以恃病凌强。他喜欢在拉上窗帘的密闭空间里生活，这样让他的内心妥帖。他还喜欢疯狂地做各类算术题，那些做题的白纸被他扔得满地都是。有人说他以前曾经是一名教不好学生但是算术功夫了得的老师。除了酷爱病人这样的身份以外，他还觉得医院才是最安全的地方，因为医院宁静，而且始终有一种令人感到安宁的药品气息伴随和包裹着他。曾经有一段时间，仙浴来澡堂还没有被贴上封条，他是会到仙浴来泡澡的，甚至把自己泡得睡过去，泡得几乎把骨头完全泡化。这种安宁的生活，像流水一样持续着。他终于意识到什么叫安宁，安宁就是被人遗忘。直到有一天，他收到了一封信。

　　苏门以侦办贪腐案的名义，通过"上海特别市政府警察局"查到了上海一共有十七个区洋，但是看上去这些都不是她要找的人。那十七份档案被拍成照片移到了陈开来这儿，陈开来发现其中一个区洋的住所被拆迁了。通过警察，他了解到这个叫区洋的人在同仁医院里住着。

　　陈开来于是也住进了医院，化名陈留下，就住在区洋病房的隔壁。陈开来去找区洋串门，看到他蹲在地板上不停地用粉笔演算一道算术题，根本没有抬头看陈开来一眼。突然，他很兴奋地把一首唐诗《送孟浩然之广陵》写在了地上，然后念念有词地把"故人西辞黄鹤楼，烟花三月下扬州。孤帆远影碧山尽，唯见长江天际流"拆得七零八落，拼出了几个字：西下江山。而眼尖的陈开来猛然发现，这首诗中的"碧空"被改成了"碧山"。

那天，陈开来把带来的熟鸡蛋送给区洋，这让区洋很开心。他连续吃了三个鸡蛋，兴奋得像一个孩子，又蹦又跳，接着又在医院楼下的那片水泥空地上用木炭写下：春冰薄，人情更薄；江湖险，人心更险。他问陈开来，你叫什么名字？陈开来说，我叫陈留下。区洋得意地笑了，说，留下，只有病治不好的人才会在医院留下，你这个名字不吉利。然后他又剥开了陈开来带来的鸡蛋，这让陈开来突然觉得，如果没人看住区洋，他会不会把自己吃得撑死？陈开来问，你叫什么名字？区洋说，我叫区洋。陈开来又问，那你为什么要在医院留下来？区洋边吃鸡蛋边歪着头思考着，还差点把自己给噎着，这让陈开来忙不迭地拍打着他的背部。几声猛烈的咳嗽以后，区洋中气十足地说，我觉得我的脑子有病。

陈开来曾在李木胜的笔记本中查找到几个字符，

"V——区洋"，他想，这是不是用接头暗号"V"可以联络区洋的意思？于是他做了两串小灯笼，挂在掉光了树叶的冬天的树上，触目惊心的一片红。这两串红灯笼，只有从区洋的窗口往下看，才能形成一个V字。那天，区洋看到灯笼后，慢慢地收起了笑容。他在窗口的风中站了很久，然后下楼了。他走到那棵树边四下张望着，并且久久沉思。陈开来站在窗前，望着树下抬头的区洋，基本上确定了这个人就是自己要找的那个人。所以他脸上露出了笑意，慢慢地走下了楼。他知道区洋暂时不会从那棵树前离开。当他悄无声息地站到区洋背后的时候，区洋仿佛知道他会出现似的，头也不回地说，你是谁？

陈开来说，我是你多年未见的李木胜，我希望你能跟我走。

并不是只有陈开来能找到区洋，杜黄桥也通过户籍警找了过来。而金宝也闻风而动，其实军统放在医院里的人早就在摸排区洋，几乎断定了这个人就是失踪很久的区洋。但是在住院部登记入住时，这个人并没有用区洋的名字。那天，杜黄桥带人赶到区洋病房时，病房里空空如也。之前，他了解到区洋最喜欢的就是去医院地下室，那地方有锅炉房、乒乓球室、洗衣房、电工值班室、配电房，还有仓库。当杜黄桥赶到地下室的时候，什么人也没有查到。一个烧锅炉的说，刚才有两个人，从洗衣房后门匆忙出去了。杜黄桥匆匆追了出去，但仍然一无所获。等到杜黄桥赶回的时候，发现烧锅炉的工人不见了。他猛然想到，这个烧锅炉的可能才是区洋。

区洋不喜欢下棋。他喜欢的是打乒乓球，在乒乓球被推来推去的过程中，乒乓球白色的影子，在他眯起眼睛的狭长视线里飘忽着。他推演着各种密码和公式，那些公式和乒乓球纠缠在一起，上下跳动。慢慢地，一个身影渐渐清晰起来，那就是陈开来。

区洋那天突然造访了陈开来，他先是搓着手说了一下这个冬天上海的天气，然后他向陈开来亮出了一把手枪，说，你到底是谁？

原来，他已经断定陈开来并不是李木胜。一九三二年他在南开大学的学术会议上和从浙江大学赶来的李木胜相识。因为区洋刚好在运动会赛场上，所以只匆匆见过一面。后来两人之间通过几次信，但是，陈开来并没说起自己是苏步青的学生，也不能说出当初在南开大学见面时的情景。那是一九三二年五月二十一日，当天学校正在开春季运动会。假定这些都因为经过十多年的时光而不能记起的话，那么陈开来写下的"陈留下"三个字，和区洋记忆中李木胜的笔迹也完全不同。李木胜写的钢笔字，全是斜的。尽管陈开来看过李木胜的笔记本，也确定李木胜的字迹是斜的，但是，李木胜当过三个月会计，他写的7会有斜杠，9会是倒写……

在区洋微微颤动着的枪口下，陈开来心头涌起了一阵悲凉。

陈开来最后承认自己只是李木胜的同志，并不是李木胜本人。他慢慢走到了区洋面前，手盖在区洋握枪的手上，动作轻慢地将区洋的枪收了下来，并认真地插回了区洋的腰间。他说，你刚才的枪连保险栓也没有打开，你这样是很容易被人突然袭击的。

然后，区洋被陈开来送到了一处安全的地方，那是苏门为陈开来找的。苏门听完陈开来的所有讲述，突然改变了主意，不再和区洋相见，只是把这间小屋留给了区洋。区洋特别喜欢这间温暖的小屋，小屋里有许多洋酒，区洋把所有的洋酒都喝了一个遍。这让他有了一种醉生梦死的恍惚感，他甚至觉得这样的日子才是最熨帖的。终于有一天，区洋被清晨透进窗户的微光唤醒，接着，敲门声响了起来。区洋从床上懒洋洋地起来，打开门的时候，看到了门口寒冷的空气里，站着热气腾腾的陈开来。陈开来笑了，举了举手中端着的一碗馄饨，说，趁热吃。

当区洋坐在桌边，埋在一堆热气里吃馄饨的时候，他终于知道自己要被送往延安。吃完馄饨，他把碗一推，看着陈开来的眼睛说，自己其实有一个助手，也在同仁医院里当护士，她叫郑也。

陈开来说，那我晓得了。

但陈开来不晓得的是，郑也和这个区洋，都是军统的人。而且，郑也是"财神"下面的"散财童子"之一。真正的区洋，早就被金宝藏在了苏州河上泊着的一条船里。

送区洋和郑也上路的时候，陈开来为区洋拍了照片，留下纪念。他们就站在苏州河的一条船上，风拂起了他们萧瑟却茂盛的头发。陈开来不晓得，在同一条河的另一条船里，却躲着被软禁的真正的区洋。那天，区洋十分郑重地握着陈开来的手说，留下，凭你的脑袋，一定会是个解密天才，可惜你没有学这门技术。

有了你，不学也一样。陈开来微笑着说，我也有很重要的事体要做的，比方拍照片。

你是火眼金睛。

那是拍照片练出来的。

那天，陈开来看着区洋和郑也的那条船慢慢驶离，一直到船影消失，陈开来才收回自己抛得很远的目光。他突然觉得，苏州河漂荡着的那种亲切而好闻的泥沙气息里，一定深藏着许多的故事。其实每条河流都是深藏着故事的，像一个悲伤的老人。后来，陈开来去了苏门的家里，站在苏门的面前，他非要请苏门跳舞。他们把舞跳得热烈而专注，时光无声无息地在唱机那枚唱针的跳动中流走了。跳完《一步之遥》后，陈开来说，请马上发报给延安，那个区洋是假的，郑也也是假的，让延安方面把他们扣留下来。但是这个区洋仍然不失为一个密码专家，或许能为我们所用。

真区洋在哪儿？

真区洋被军统截走了……要不再跳一曲？我可以告诉你更多。

正经说话。

我说的就是正经话。因为我下一曲想要同你跳《十面埋伏》。

有这个舞吗？

《一步之遥》不是编出来的吗？《十面埋伏》也可以编。来，让我来教你。

一九四二年的冬天，刺骨的寒意已经在上海城四处荡漾。根据重庆的指示，金宝和陶大春的飓风队加紧了对杜黄桥的锄奸行动。军统潜伏在特工总部的"熟地黄"，也不时地通过重庆的局本部，向飓风队提供着杜黄桥的行踪情报。而杜黄桥也开始对金宝和陶大春进行追剿，如果不把他们一网打尽，杜黄桥每个晚上都将睡不安宁。同时，金宝在陶大春和局本部的反对下，一意孤行要争取策反76号的照相师陈开来，而陈开来在报请上级苏门同意后，决定"配合"军统的行动。

在温暖的暗房里，陈开来有时候长久地静坐不动。在用镊子夹起一张刚刚洗出的照片时，那微微漾动的水声，以及水滴落的声音，让陈开来觉得，在这座城市大街上传来的嘈杂的声音中，深藏着一场场多方角力的暗战，如同黄浦江和苏州河里杂乱如鱼群的船只一样，让人觉得那是一堆解不开的乱麻。

1942年12月24日　17：23　围捕现场

　　陈开来被通知晚上要多准备几个胶卷的时候，是上午十点钟光景。起床没多久的陈开来，缓步走下楼时，看到新祥正在接待特工总部找过来的王小开。王小开来通知他，今天，影佐将军要在华懋饭店宴请日本陆军省的几名客人，他们是从日本本土过来的军事观察团的成员。那天，新祥和王小开聊得很欢畅，陈开来无声地走到门口，抬头看了看阴沉沉的天。上海的天空中，开始下起了第一场雪子。冬天的气息，越来越深重了。陈开来小心地迈出一步，如同踩进河水一般踩进了深重的冬天。在富丽堂皇的华懋饭店，一定已经布置了平安夜的圣诞树和蜡烛，陈开来这样想。他在从天空中飘落的雪子中站了一会儿，看着王小开骑上一辆脚踏车离开了照相馆，越走越远，最后在马路的远处扁平成一张照片的样子。

　　这时，杜黄桥在他办公室那张铺了棉大衣的躺椅上闭着眼睛养神，他刚刚给行动一队和二队的人员布置了华懋饭店的安保任务。当然，李默群早就命令极司菲尔路55号的特别行动处也拨一些人员过来配合执行。杜黄桥在这个平安夜的上午差点儿要睡着了，他突然有一种预感，这么重大的安保任务难保不出差错，而且要命的是他一直都是飓风队的目标。军统想要把他这枚眼中钉挫骨扬灰。

　　下午两点钟光景，杜黄桥就带队出发了。站在华懋饭店门口的时候，在萧瑟的天气中，他突然有些意兴阑珊。在这条临近外滩的街道上，华懋饭店所在的沙逊大厦气势逼人，而光线又把杜黄桥的身影投映得紧凑而短促。隔着玻璃门，杜黄桥看到了温暖如春的大厅里一棵青翠的圣诞树，树身上缀满了彩色小灯泡。天空中不时地传来几声遥远而暗哑的炮仗声，然后他看到了从一辆黄包车上下来的陈开来。杜黄桥笑了一下，看到陈开来慢慢走近了，他伸出手搂住陈开来的肩说，你来得太早了，欢迎宴要五点半才开始。

　　事实上，一直到四点一刻的时候，杜黄桥都站在华懋饭店的门口。这时，地面上已经泛起了轻微的白光，一直在下的雪子，已经演变成了头皮屑一样的小雪。风一阵一阵地紧着，这让杜黄桥觉得，一场大雪是一定会来的。陈开来仰起头，望着沙逊大厦的尖顶，十分疑惑地想，那个叫沙逊的犹太人，为什么跑到上海来造这样一幢像尖刀一样插向天空的房子？雪无声地飘落着，陈开来的眼角余光里突然刮过一个穿着大衣匆匆而过的男人，他的个子高大而挺拔，仿佛是要匆忙穿过雪阵抵达另一个世界。更要命的是，一辆黄包车拉着一个女人匆匆而过。女人的嘴鼻都被围巾给围了起来，只露出一双眼睛，但陈开来还是认出了这双眼睛，他的心中哀鸣了一声，知道枪声响起来是迟早的事了。

在枪声响起来以前，不远处有人心血来潮地放了一挂鞭炮。硫黄的气息让杜黄桥不由得皱了皱眉头，他给自己点了一支烟。他早就注意到了华懋饭店门口的异常。当一个三轮车夫第三次经过华懋饭店门口的时候，杜黄桥向他勾了勾手指头说，你，过来！

也许是因为慌乱，三轮车夫并没有过来，他迟疑了一下以后竟然突然从腰间拔出了手枪。枪声在天色还没有完全暗下来的外滩此起彼伏地响了起来。那个明显还是新手的三轮车夫被杜黄桥只花了一颗子弹就撂倒了，而行人中也突然有人向杜黄桥开枪。但那些人很快就处于下风，毕忠良的特别行动处人员也从饭店大厅里跑了出来。刺客们最后被逼进了一条弄堂，用徕卡照相机摇摇晃晃的镜头，陈开来拍下了一些血肉飞溅的照片。他只记得在清脆短促的枪声中，自己一直在奔跑以及大声地喘气。他跟随着直属行动大队的特工们冲进了一条弄堂。这时，他看到了金宝，她就缩在一个门洞里，以石门框为掩体开着枪，不时地可以看到她围巾的下摆和一缕黑色的头发。门洞中有两名军统飓风队队员倒了下来，中弹后直接跌扑着翻倒在弄堂中。在几名76号特工蜂拥着冲上去的时候，陈开来终于一咬牙向他们开枪了。他用那把杜黄桥送给他的M1910手枪，干翻了围捕金宝的几名特工。

那天，陈开来仿佛是用积蓄了一生的力气在奔跑，他冲到门洞边，一把拉起金宝继续奔逃。金宝一路气喘吁吁，一路都在喋喋不休，你知道我为什么喜欢过生日吗？因为我觉得我的生日应该过不了多少年。陈开来说，闭上你的乌鸦嘴！

参差不齐的枪声中，特工们从四面八方向这边聚拢，驻扎在76号的宪兵涩谷小队也派人向这边增援。这时，陈开来和金宝已经被逼进了另一个大门的门洞内。倚在石门框边上，金宝的嘴唇已经被她咬出了血，她咧开嘴努力地朝陈开来送出了一个苍白朴素的笑容，眼眶里慢慢积聚起了泪花。金宝说，我前几天梦到了奶奶，我就要去找我奶奶了，是她把我和银宝养大的。奶奶讲，我跟姓陈的最般配，但我现在不爱你了。爱你很辛苦，你这个人没心没肺，我受不了这种苦。陈开来听到金宝这样说，就上前紧紧地抱住了她。金宝却猛地推开了他说，我掩护你，你必须马上走！

金宝说完从门洞跳向了弄堂中央站定，手枪开始不停地击发，弹壳飞跳着。她换弹匣的速度非常快，并且回头瞪了陈开来一眼，大喊一声：走！你要记住，我金宝命中五行缺东……

在密集的枪声中，陈开来开始了一九四二年冬天的奔逃，他没有理由不听从金宝的指挥。就在他快冲出弄堂的时候，突然翻转身跪倒在地，拍下了金宝的最后一张照片。那时，76号的特工已经把打光了子弹的金宝逼到了墙角，她用一颗手雷把自己给炸碎了。在炸碎自己之前，金宝的目光抛向陈开来，头发在风中散乱地拂着她的脸，她轻咬着嘴唇，朝陈开来微笑着，眼神温情而迷离。陈开来拍下了金宝的最后一张照片，那张弄堂中的照片，美得让人心碎。雪已经越下越大。那是一张雪中静默的照片，连特工们手中黑亮的枪都被拍得那么美。

在巨大的爆炸声中，匆匆冲进弄堂的杜黄桥被金宝的英勇与决绝震撼，他远远地望见了一个女人送自己上路的最后一瞬。那天，他终于知道陈开来是自己的敌人。陈开来收起照相机想要再次奔逃的时候，有特工举起了枪，被杜黄桥喝止了。杜黄桥自己追了过去，这名南京保卫战中的野战部队营长，有着良好的军事素质。即便近几年没有参加训练，也照样有着强健的体能。当陈开来像没头苍蝇一样，四下乱窜，再次蹿进一条叫"田小七"的弄堂时，被杜黄桥堵住了。陈开来向着杜黄桥连开数枪，但是杜黄桥却一枪也没有开，他藏身在一堆砖块的后头。陈开来发现了生长在弄堂中央的一棵树，直直地把身子伸向天空。越来越密集的雪阵，让陈开来想起了一年以前那个平安夜杭州的大雪。陈开来突然觉得，即便今天死在杜黄桥手上，那他也替李木胜活了一年。忙里偷闲，他还是特别想要拍下那棵雪中的树，于是他拿起照相机，十分认真地拍下了那棵树。杜黄桥一直没有闪身出现，他不想出现是因为对于陈开来这样的对手而言，他在枪战中有绝对的把握让对方死在自己枪下。陈开来收起照相机，换上了一个新弹匣。杜黄桥每一次假装从砖堆后面探头，陈开来都会开出一枪。六枪过后，杜黄桥现身了。杜黄桥微笑着一步步地走向了陈开来，他手中的枪是低垂着的，他懒得把枪管提起来。杜黄桥一边走，一边说，你的枪是我给你的，开枪是我教你的，M1910只能装六发子弹，你现在的枪里已

264

经是一个空弹匣了。来，对着我开枪。

陈开来没有动静，但是枪口仍然警惕地对着杜黄桥。杜黄桥的脸青了，他愤怒地吼了一声，我让你开枪！

陈开来扣动了扳机，果然是一声空响。

杜黄桥大笑起来，说，你是我的徒弟，你永远都赢不了我。

陈开来无奈地把枪扔在了地上，缓慢地举起了双手，但是他的脸上浮起了笑意。他看到杜黄桥举起了枪。杜黄桥说，这算是认输吗？

陈开来说，我不会认输的。

杜黄桥说，凭什么？我只相信结果，结果就是你输了。

陈开来说，我也只讲结果，最后的结果，是我的信仰一定会赢。

杜黄桥笑了，信仰？信仰能当饭吃吗？行了，用你胸前的照相机，为我再拍一张照片。你要把我拍得威武雄壮一些。这是你最后一次为我拍照片。

杜黄桥开始整理自己的衣服和头发，举手投足，都显得十分正规与郑重。陈开来和杜黄桥都开始不约而同地回忆他们的往事，亲切地勾肩搭背，那么多的笑脸，无数次一起喝酒……都泛起了淡黄的陈旧的颜色。现在他们四目相对，在这场枪与枪的较量中，陈开来明显败下阵来。他的结局不是被杜黄桥一枪毙了，就是被杜黄桥拖进76号刑讯室，被打断骨头。

杜黄桥整理好自己的衣衫说，师徒一场，对你那么好，让你拍张照片算是把欠我的债还了吧。

陈开来按动了照相机。一颗钢珠弹从照相机里疾速射出，击中的是杜黄桥的脑门。后来，陈开来洗出的照片中，脑门有一个血洞的杜黄桥，笑容像一蓬烟一样都还没来得及散去。陈开来回想起赛马场的钢珠枪，他觉得那差点置他于死地的钢珠，如果装进照相机里其实挺好玩的。所以他在照相馆暗室里改装了照相机，加进了卡簧枪的功能，短小的枪管里只能装一粒钢珠。他清晰地记得，改装的时候差点儿被金宝发现。金宝曾经将杨柳一样的身子倚在暗室的门上说，你想当照相机设计师？

陈开来在离开田小七弄堂之前，看着地上死去的杜黄桥，最后留下了一句话：你欠下的债，不是一死就能还清的。说完这句话，他就看到杜黄桥的两条眉毛在漫天飞舞的雪中慢慢变白了，像一个突然变老的老人。他空洞的眼望着弄堂上方狭长的天空，仿佛在望着他此生来时的路。

陈开来没有再作一丝的停留，在他后来的记忆里，在一九四二年的这一天，落雪的上海城被他仓皇的脚步踏得支离破碎。在另一条弄堂的弄堂口，陈开来还救下了受伤的新祥。新祥整个人靠在一堵墙上，看上去十分疲惫的样子，手臂上流了很多血，他被陈开来一把拉上了一辆黄包车。陈开来带着新祥匆忙回到了照相馆，他像一阵旋风一样一头撞进照相馆，并且迅速地奔向二楼的暗房。他把所有心爱的胶卷和照片都一股脑儿地塞进了一只布袋，然后甩手把布袋背在肩上飞快地离去。事实上，他并没有走远，反而躲进了不远处的一幢两层小饭馆的二楼包间。就在他和新祥点了一壶绍兴黄酒的时候，透过包间的窗口，他看到军犬和日本宪兵围在了陈开来照相馆的门口。为首的涩谷挥了一下手，宪兵们就冲向了照相馆的大门。门被踢开了，陈开来从包间望去，昏黄的照相馆在雪中显得十分萧瑟，像一个孤独的老人。一会儿，夜幕就正式低垂了，所有的路灯都渐次地亮了起来。这让他觉得，照相馆门口，本身像极了一张静止的照片。在这样的大雪纷飞中，他不由得想起了刚好一年前的那一幕。在杭州春光照相馆门口，一阵枪声和一场大火，以及牺牲了的李木胜。

1943年1月5日　14：22　入党及后来的事

在接下来的谍战生涯中，陈开来通过苏门介绍秘密地加入了中国共产党。他握起拳头，对着一面简陋的墙上挂着的朴素的党旗宣誓。这时，他的脑海中浮现的是李木胜、赵前、沈克希的样子。他们好像都行走在雪地上，雪地上还留着他们浅显而凌乱的脚印。他们都朝着他笑，并且指指点点，大概是在议论他这个新人。他们向他挥了挥手，深一脚浅一脚地向前走去，只留给他远去的背影。这让他有些激动和伤感，他总是觉得，这些人一直在天上或者某个遥远的地方看着他，但他又同时知道，这些人其实是同自己永别了的。

那天，陈开来取下胸前挂着的照相机，交到苏门手里，说，你来帮我拍一张照。

苏门为陈开来拍下了他在党旗下宣誓的照片。陈开来说，这张照片我要寄给胜利后的我，不管那时候我还是不是活着。

陈开来入党后没多久，苏门就突然消失了。接下来，和陈开来接上头的一名叫贺羽丰的同志成为他暂时的联络人。作为新祥的救命恩人，身份隐秘的陈开来在新祥的牵线引领下去了重庆，在重庆军统局本部党政情报处，也就是军统二处，他竟然见到了久违的苏门。

苏门留着干净清爽的短发，仿佛不认识陈开来一样，从他身边像一缕风一样走过。那天，她陪同处长关永山匆匆上了一辆车，前往磁器口参加一个特务基地的会议。后来，他终于晓得，苏门在法国留学期间就已经经上级同意秘密加入了军统，成为中共在军统的潜伏人员，回国后即接受军统的密令，在汪伪政府任职，成为双面间谍。当初军统飓风队是因为不知情，才在上海滩把她当成汉奸实施暗杀，后来暗杀没有持续进行，也与军统甲室知道苏门身处危险后向飓风队下达了密令有关。陈开来突然觉得，苏门就像是一个巨大的谜，她笑得越迷人，就越是让人觉得扑朔迷离，并且充满了吸引力。

在重庆后市坡青年舞场的一次舞会上，陈开来请苏门跳舞。陈开来说，还记不记得在上海李默群家的私人舞会里，你拒绝了我的邀请？

苏门笑了，说，今天我不打算拒绝你。

苏门又说，我要是拒绝你，那是浪费了生命，我自己都会后悔。

苏门还说，今天我们不跳《一步之遥》，我要同你跳一曲《何日君再来》。

陈开来晓得，《何日君再来》是周璇唱的，是电影《三星伴月》的插曲。这部电影就是上海滩的化工大王方液仙投资拍摄的，为的是推广他的三星牌日用化工品。在《何日君再来》的旋律中，陈开来和苏门跳起了舞。陈开来的舞技一如既往地好，所以苏门这样认为，舞场上响起的所有的掌声其实是奔着陈开来去的。那天，苏门穿着的正是那双黛染霜花高跟鞋，她说，谢谢你的鞋子，我会一直穿着它。在跳舞的时候，苏门一直眼角含笑，这让她的脸部变得生动而迷人。她的头发不时地拂在陈开来的脸上，让陈开来觉得有些微的酥痒。陈开来喜欢一直沉浸在这种酥痒的感觉里，他希望时间是能停止的。后来，陈开来听到苏门轻声在他耳边说话，呼出的热气一阵阵温软地落在陈开来的耳廓上。

苏门说，我们的生命就似渡过一个大海，我们都相聚在这个狭小的舟中。

陈开来问，什么意思？

苏门说，没有意思。我从一本书上看来的，把这话转送给你。

陈开来说，那我就收下了。

而从那场舞会以后，陈开来在他的有生之年就再也没有见过苏门。她就像水蒸气一样蒸发了。当陈开来再次向第二处处长关永山问起苏门去向的时候，关永山看了他很久说，你要懂规矩，不要问。

没多久，二处机要室的女同事张离给陈开来带来了两样东西，说是苏门让她转交的。陈开来打开一只用来装绝密档案的牛皮纸袋，看到了安静地躺在纸袋里的一把扁平的银酒壶，以及一本印度诗人泰戈尔的《飞鸟集》。那天晚上，陈开来长久地抱着这本书，坐在窗前出神。他突然想起，苏门要同他跳《何日君再来》或许是有深意的。

一九四九年初春，国民党军统局早已改组成为保密局，也早已从重庆搬回到南京。战况已经愈来愈明晰了。此时的保密局局本部竟然给陈开来下达任务，让他迅速离开南京回到上海西南的七宝镇上，仍然开照相馆。局长亲自下令，让他沉睡在这座江南小镇上。陈开来执行了"沉睡"密令，他十分清楚，在国民党军队如同决堤的江河一般即将战败的关口，一定有许多保密局的特务奉命潜伏。没多久，南京就解放了。在上海还没有解放时，中共地下组织曾经派上海警察局的李正龙处长以地下党身份来找他接过一次头。上海解放的时候，陈开来又从七宝镇偷偷来到上海城，站在庆祝解放的游行队伍里，耳朵里灌满了鼎沸的人声。陈开来突然想起那两个曾经搂过他肩膀大摇大摆走路的男人，赵前和杜黄桥，仿佛他们就隐没在人群中。于是，陈开来用他的徕卡照相机拍下了许多游行欢庆的照片。那段时间，百废待兴，台湾特务频频从浙江定海潜入上海窃取情报，或者实施暗杀计划。台湾飞机也时常会突然出现在上海的上空，进行轰炸与骚扰。台湾的主要目标是上海的电力、造船等重要工厂，以及车站、码头等重要交通枢纽。台湾十分希望上海像一锅煮烂了的馄饨，乱成一团。

一九五〇年一月二十五日中午，十六架敌机分批袭击上海市区，对浦江两岸、江南造船厂、中纺九厂、颐中烟草公司仓库及居民楼投弹，炸沉了十八艘船，投弹精准得像长了眼睛。二月六日，国民党保密局特务罗炳乾被上海市公安局反特科捕获，由于罗炳乾曾经提供了精准的轰炸目标位置，南市华商电器公司、闸北水电公司和许多民房被炸。

这些都是解放后进入上海市公安局工作的贺羽丰告诉他的。由于陈开来依然保留着国民党保密局特工身份，组织上让他见机行事。上海市公安局侦察科科长贺羽丰曾经乔装打扮，秘密来七宝镇上找过陈开来，告诉他，你的代号仍然叫"断桥"，可以继续"沉睡"。台湾将你唤醒之时，就是我们将你唤醒之时。

而陈开来并不知情的是，在遥远的台湾，一个代号"戴安娜"的中共情报人员，仍然像永动机一样地工作着。她的其中一项任务就是，时刻关注台湾的国民党保密局何时让陈开来醒来。

1951年3月9日　11：10　上海七宝镇

这是惊蛰过去的第三天，正好是二月二龙抬头那天，陈开来去克洋剃头店剃了个头。刮胡子的时候，他差点儿在那张剃头椅上睡着了，恍惚间总是有十年前的枪声零星地在他耳边响起，让他看到了他年轻时那段身陷76号担任照相师的时光。那天，他把头发留得很短，克洋剃头师傅解下那块围在他脖子上的青布时，抖落了一堆细碎的短发。克洋剃头师傅平静地说，你的头发在少下去，你这个年纪，不应该是头发少下去的辰光啊。陈开来轻微地笑了一下，他突然觉得自己的心很老了，大概是因为在等待。等待是漫长而专注的事情，然后，他对着一面镜子，看着镜子中的自己。这件半新不旧的中山装，已经穿了五年，袖口和领口都已经泛白了，像是无数的往事一般泛着白。

那天，回到照相馆，他又站在临河的窗前轻声朗读曾经读了无数次的《飞鸟集》。他对着如裤腰带般纤细瘦弱的河水、水面上掠过的水鸟、河面上垂下来的树枝，以及一缕风，在读。他不停地读，读得细碎、持久，而且充满了热情。他读到了苏门曾经送给他的那句话：我们的生命就似渡过一个大海，我们都相聚在这个狭小的舟中。于是他把这句话用红笔画了一个圈，每天起床后就翻开这本书再读一遍。百无聊赖却又漫长的"沉睡"过程中，他会时不时关门关窗，练习拆枪，他拆枪的速度越来越快了。这让他想起了杜黄桥，拆枪就是杜黄桥教会他的。他还想起了南京保卫战的时候，他和杜黄桥两人之间互救的情形。时过境迁，一个时代如被炸毁的一幢高楼一样，黄色的灰尘高高扬起，被风一吹，再加上一场雨一淋，一切都会平静下来。陈开来知道，杜黄桥已经随着这个时代的结束而烟消云散了。

一九五一年乍暖还寒的春天，空气中荡漾着冰凉的气息，突然有人来找陈开来接头了。那天下午，照相馆没有半点儿的生意，他懒惰到骨头都想发芽，所以他眯着眼睛在藤椅上像他养的那只老猫一样打盹儿。这时，台湾电台开始呼叫，叽叽嘎嘎的声音中，陈开来不由得一个激灵。他在千丝万缕杂乱的声音中，捕捉到了一条信息：北极熊，请在冬眠中醒来。

是的，党组织给他的代号叫"断桥"，但台湾方面给他的代号却叫"北极熊"。接到联络信息的时候，陈开来看到七宝小镇的上空布满了细密的雨阵，这些从天而降的水，把整个小镇笼罩得湿气氤氲。

那天，陈开来把自己关在楼上的小房间里，他有点儿想哭，他特别想要陷入等待了好久的一场暗战中。那天的雨铺天盖地，笼罩了整个小镇。他就一直听着雨，很快，雨声就把他的耳朵灌满了。黄昏来临，他开起一盏在微风中轻轻荡漾的白炽灯听雨，许多细雨洒进来，浇灌进他的脖子，他的心欢叫了一下。然后他突然把手伸出去，轻轻地握住桌面上的一把枪。几乎是在电光石火之间，在呛啷呛啷的金属声音里，他把那把枪拆开和重装了一次，随后重重地将枪拍在了桌面上。

他的目光十分明亮地在昏暗的光线中闪了一下。

1951年3月11日　11：00　陈开来照相馆

中午，陈开来站在窗边，手里拿着苏门留给他的那把银酒壶，抿了一口海半仙同山烧，想起了苏门曾经说过的话：什么事情都是从不习惯到习惯的。这时，他看到一个女人，手里拎着一只人造革旅行袋，刚好站在石拱桥的桥面上。她微微地倚着石桥栏杆，侧过了身子，她那不能遮掩的玲珑的线条，像一道光一样。她停顿了一会儿，仿佛一张静止的照片一般。然后，照片动了一下，她一步步向陈开来照相馆走来。她分明是金宝。

她先是看了照相馆橱窗上的照片，有一张照片上是一个女人站在外白渡桥上的背影，还有夹杂在一堆风景照片中的西湖三景的照片，接着，她看到了那个瑰丽的黄昏，金宝在弄堂里炸碎自己前的照片……来接头的这个女人并不是金宝，而是她的妹妹银宝。金宝在上海当"财神"时，银宝被军统局本部派往武汉工作。这次，她从浙江定海潜入，带来的国民党保密局给她下达的任务，是在三个月内炸毁上海杨树浦火力发电厂。

一张潜伏上海的特务网，将在银宝的张罗下进入密集的活动期。

那天，银宝踏上陈开来照相馆陈旧而摇晃的木楼梯时，陈开来站在照相馆一楼的柜台里，一直盯着她脚上的碎花布鞋看。他想，这只鞋子的鞋跟里又会藏着什么？银宝走到楼梯一半的地方，突然停下了，扭头看了一眼楼下木讷如一口自鸣钟的陈开来说，你不上来吗？

银宝走进二楼那间专门用来洗照片的暗房，在昏暗的红通通的灯光下，银宝看到了墙上同一个女人的七十九张照片。那全部都是苏门的照片。其中有一张是苏门在地板上赤脚跳舞的，她的脸微微仰起来，下巴上扬，半张脸被阳光笼罩，而她脸上盛开着干净明亮的微笑。银宝久久地盯着这张照片看，说，这双脚很美。

陈开来拧开银酒壶的瓶盖，又喝了一口辣酒，说，不美我也不会拍。

你一共拍了七十九张。

陈开来说，我本来想拍一百张的。

为什么不拍了？

拍不了，因为那是另一场人生。

（完）

2019 年 3 月 25 日 03：54　完稿

2019 年 5 月 13 日 03：57　一改

2019 年 7 月 23 日 23：15　二改

2019 年 8 月 25 日 13：52　三改

2019 年 9 月 9 日 02：03　四改

2019 年 12 月 14 日 08：53　改定

我愿意站在照相馆对面朝她凝望

——长篇小说《醒来》创作谈

我愿意站在陈开来照相馆的对面，朝着她凝望。愿意照相馆门前有一棵寂静的梧桐，梧桐上落满蝉的鸣叫。愿意阳光从宽阔的树叶间漏下，斑驳地洒在照相馆和我的身上。愿意一切就此静默，没有颜色的八月的风，干净而凉爽地从我的衬衣和头发上走过。愿意我留给你的是一个背影，愿意这个背影，从少年到中年到白发苍苍，以一棵树的形象站在照相馆的对面，姿势一成不变，像另一张照片……这样的愿意，如同你的一生之中，终也曾经有过一些义无反顾的愿意一样。

我始终晓得，我们的人生，都曾经在照相馆里进出。时光十分陈旧，我们推开木门时的样子，像一场默片。

所以有时候我想，照片就是我们静默的人生。

我是如此热爱陈开来照相馆

现在，让我们来说说陈开来照相馆，这需要从我的一个长篇小说《醒来》说起。陈开来先生是小说中一个虚构的人物，但我觉得他真实存在着，是我远房的亲戚，或者是可以信任的比我年长稍许的表哥。一个漫长的下午，我开始在杂乱的书房里想象这个小说的开头。小说的开头是发生在杭州运河边春光照相馆门口的一个惨烈事件，时间是一九四一年的平安夜。在那个遥远得恍若梦境的年份，杭州城一如此刻让我感到亲切。陈开来看到照相馆的师父李木胜，被子弹洞穿，像一只漏气的皮囊一样被扔在了照相馆门口。故事由此发生了，当然有些许惊心动魄，也有人间所有密集的温暖与情感。这是一个谍战小说，里面充斥着特工、阴谋，当然也有爱情和泪水。陈开来先生在这个普通的平安夜，不能为师父收尸，而是踏上了去往上海之路。

这是陈开来先生多么文艺的一次出发，如同我们，总是在一些人生岔路口必须选择方向。

小说中的夜行火车，我也坐过的，那样的记忆几乎充斥了我整个的童年，无数次乘火车进入上海，让我对火车和铁轨有了疯狂的迷恋。铁轨边迷雾一样的信号灯，像一眼望不到头的未知的人生。这些信号灯，有着猩红猩艳绿明黄的颜色，而车窗外飘雨飘雪……

你的一生中，想必也有某些刻骨铭心的景象，长久地印在你的脑海里。

上海也是我一生割不断的情结，是我母亲的出生地，是我童年长久停泊和栖息的地方，当然也是一座许多人心向往之的城市。陈开来带着他心爱的徕卡相机，在上海开出了照相馆，就像年轻时候的我们，扬着一张青光光的脸，从不怕累地四处讨生活一样。

你一定晓得的，故事由此开始，青春大同小异。

小说中，我在陈开来照相馆的隔壁，设置了一间叫仙浴来的澡堂。在照相馆里，还住着一个像猫一样神秘，像妖一样变化多端的女人金宝。我沉浸在我不可告人的臆想中，内心充满了喜悦。

陈开来在澡堂里成了拉二胡唱评弹的瞎子杜黄桥的徒弟，他没有想到谍战就在这澡堂门口开始卷起了风云。我真是热爱着这个小说的开端、中间和结尾，就像我热爱着照相馆的本身。而因为有了金宝，这个跳舞场里的舞女，这个照相馆的合伙人，让这个小说和这家照相馆，同时多了一分妖娆和生机。

它是活着的，是新鲜的，是热气腾腾的，是属于一九四二年春节过后车水马龙的上海滩的。

照相里面随风飘荡的人生

这个无比安静的夜晚，我就坐在书桌前敲字。键盘的声音因为夜深而显得十分清脆，这是一种多么好的感觉，如同我们在月夜时分倚在窗前对这座城市的窥视。这是一种长久的张望，心情沉静而有些微的愉悦。如果你见到一长排昏黄的路灯下空无一人，你一定会涌起百感交集的滋味，你一定会选择一盏普通的路灯，站在灯光下久久不动，像一根路桩。

如同我们的人生有时候需要静止，如同我们在欢畅以后要有恰当的沉默。

留存在我电脑里的祖母的照片，是我请办公室的小魏帮我扫描的。我说需要精度高一些，我后来想，我说要精度高的意思，是不是想要让老人家的照片留存得久一些。照片中的祖母八十岁光景，不苟言笑的样子，异常清瘦。清瘦在我的心目中，是一种美德。事实上我童年时见到的她，就是这样。我甚至见到过她坐在灶披间里的一场哭泣，她不理会我，是因为她觉得她的哭对小孩而言是没有记忆的。而我深深牢记她哭的样子，我长久地注视她，这是对她人生的一种打量。她的一生都没有见过盛大的场面，唯有留下的单薄而清瘦的照片，像她的一生。

我很可惜的是外公家曾经留存的大量黑白照片，有全家福，有他们五个女儿的大辫子的年岁，以及他们两个年幼儿子的张皇而孤独的瞬间。我很喜欢那些黑白照，可惜现在我费尽周折也找不见了。人生那么短，照片留存也不会太久，所有的一切都会被岁月冲淡。

我十四岁初中毕业的时候，和一个叫骆涵荣的同学，拍过一张两寸合照。那个照相馆的名字叫美光。那一年我和我亲爱的少年们勾肩搭背地在枫桥镇的街上晃来荡去，像一群不安分的野狗。我十七岁出门当兵那年，驻地南通狼山镇上有一个姑娘，她是照相馆里的照相师。她穿着你能想象的一九八九年夏天的连衣裙，来营房为我们拍照。我们几乎集体爱上了她，额头光洁，青春正好，十分矜持的样子。我相信她喜欢绿色的军营，因为那些士兵和她年龄相仿，浑身散发着热气。她几乎替每个人都拍了照。我们寄往家乡的照片中，每个人都穿着军装，扎着武装腰带，十分神气的样子。

你晓得的，那个年岁的神气一定是假的，但青春是真的。

曾经有那么一段时间，我看到诸暨县城国营照相馆里的工作人员，穿着藏青色的工作风衣，就觉得这样的气息很好。照相馆坐落在红旗路的头上，我去洗照片，应该是二十世纪九十年代，那时候街上响起的歌声差不多是张学友、林忆莲、刘德华和叶倩文的。我喜欢闻刚洗好的照片的气息，那大概就是显影液的气息，里面混含着硫酸和甲醇等化学物品的气息。作为国营诸暨县化肥厂最优秀的工人之一，我骑着脚踏车冲撞在街头，头发蓬乱，眼神迷离，偶尔抬头看一眼明晃晃的天空。我有时候觉得自己就像韩杰导演的电影中混沌的树先生，自卑得如同一只没有方向的跌跌撞撞的风筝，或者像一条四处乱晃的狗，但我确实深深迷恋着这座小城的生活，迷恋这座简陋的半土不洋的经常陷入沉睡的城市。月光下，她如此安稳，像熟睡的母亲。

　　我在这座小城生活了十三年。穿上西装，我拍下了我不苟言笑的结婚照；借来相机，我拍下了孩子的满月照；我和化肥厂经警队的同事们合影；在一座民办中学的办公室里留下了工作照；和药厂的同事去横店的秦王宫装作采风的样子；在《诸暨日报》谋职时，摄影记者给我拍下故作深沉的样子……你手头存下的照片越多，就越可以清晰地看到你的人生路线。柯达胶卷和富士胶卷，是我记忆深刻的那个年代的两个牌子，当然现在都已经远离了我们。

那么，纯正也一定远离了我们。

我晓得的，你也一定像我一样，回忆过这样琐碎的往事。

我让小说《醒来》中陈开来的童年，曾经在诸暨千柱屋久久观望一位游方的照相师为大户人家拍合家欢。我在电视剧《旗袍》中，让钱鹏飞和关萍露藏在怀表中的合照背后有了这样一行字：你关怀我一生，我关怀你一世。

我真愿意自己是一位民国年间的游方照相师，风尘仆仆，走过黑白的村庄和阡陌，拍下所有的人间冷暖。

那个时候，你能看到我穿着长衫的背影吗？

小说的结尾是我想要的生活

你完全可以相信，每张照片都深藏密码。看得懂的人一定会看懂。这是小说开头的题记，我对这句话十分满意。我觉得这样的表达是正确的。

小说按部就班地在一九四一年的冬天缓缓地展开了。上海和杭州的旧景象，像收入了同一个取景框一样，把各不相同的人生呈现。陈开来和师父杜黄桥终于对决了，这很像是尘世间所有的师徒对决，所有的上司和下属的对决，所有的恩情与背叛的对决……陈开来爱上了苏门，金宝也爱上了陈开来，杜黄桥像爱着生命一样爱着杨小仙，他们在纷乱的世间都爱得十分执着、热烈、艰难而且疼痛。在那个随时都命悬一线的年代，用尽全力经营着他们兵荒马乱的爱情。他们的爱是陈旧的、原始的、质朴的、沾满了灰尘的，那几乎是一场遥远的黑白电影。在这样的爱情里，一场惊心动魄的谍战，在青年照相师陈开来的眼里，宽银幕一样地展开了。

　　我喜欢小说的结尾。那时候是一九五〇年的春天，陈开来已经是上海市公安局的侦察员了，他受命在一座小镇开出了照相馆，等待台湾来的特工前来接头。每天的生活，单调而机械，就是拍照片，听收音机，在临河的店门口的一张椅子上发呆。然后继续拍照片，听收音机，继续发呆……我想他的生活安静而闲适，像极了一块风都吹不动的青苔。青苔真是一种美好的生物，它是青色的，充满了生命力的、潮湿的、蓬勃的。有时候，我真愿意自己是一块无忧无虑的青苔，盘踞在世间的一角看看冷暖。二月二龙抬头这天，春寒料峭的日子，他去剃了一个头。因为剃了头刮了胡子的缘故，明显年轻了许多。在电台充满杂音的嚣叫声中，他接到了接头指令。一个叫银宝的女人出现在他慵懒疲惫的眼神里。

　　银宝走进二楼那间专门用来洗照片的暗房，在昏暗的红通通的灯光下，银宝看到了墙上同一个女人的七十九张照片。那全部都是苏门的照片。其中有一张是苏门在地板上赤脚跳舞的，她的脸微微仰起来，下巴上扬，半张脸被阳光笼罩，而她脸上盛开着干净明亮的微笑。银宝久久地盯着这张照片看，说，这双脚很美。

　　陈开来拧开银酒壶的瓶盖，又喝了一口辣酒，说，不美我也不会拍。

　　你一共拍了七十九张。

　　陈开来说，我本来想拍一百张的。

　　为什么不拍了？

　　拍不了，因为那是另一场人生。

　　小说结束了，但生活并没有结束。写完小说的时候我的心里空荡荡的，我想，我真愿意替陈开来先生作为一名照相师，活在这颠沛流离的尘世。小说的结尾，就是我想要的生活，一位波澜不惊的照相师，是我在这尘世间最后的职业。

而更漫长的沉默的时间里，我愿意听着半夜的收音机，想，我是谁？我从哪里来？

2020年8月2日　02：33